# DOGGY BAG

## DU MÊME AUTEUR

*Aux Éditions Bernard Barrault*

50 CONTRE 1, *histoires*, 1981.
BLEU COMME L'ENFER, *roman*, 1983.
ZONE ÉROGÈNE, *roman*, 1984.
37,2 ° LE MATIN, *roman*, 1985.
MAUDIT MANÈGE, *roman*, 1986.
ÉCHINE, *roman*, 1986.
CROCODILES, *histoires*, 1989.
LENT DEHORS, *roman*, 1991 *(repris en « Folio » n° 2437).*

*Aux Éditions Gallimard*

LORSQUE LOU, 1992. *Illustrations de Miles Hyman* (« Futuropolis »).
SOTOS, *roman*, 1993 (« Folio » n° 2708).
ASSASSINS, *roman*, 1994 (« Folio » n° 2845).
CRIMINELS, *roman*, 1996 (« Folio » n° 3135).
SAINTE-BOB, *roman*, 1998 (« Folio » n° 3324).
VERS CHEZ LES BLANCS, *roman*, 2000 (« Folio » n° 3574).
ÇA C'EST UN BAISER, *roman*, 2002 (« Folio » n° 4027).
FRICTIONS, *roman*, 2003 (« Folio » n° 4178).
IMPURETÉS, *roman*, 2005.

*Aux Éditions Julliard*

ARDOISE, 2002.

DOGGY BAG, *saison 1*, 2005.
DOGGY BAG, *saison 2*, 2006.
DOGGY BAG, *saisons 4, 5 et 6*, à paraître en 2007-2008.

*Chez d'autres éditeurs*

BRAM VAN VELDE, *Éditions Flohic*, 1993.
ENTRE NOUS SOIT DIT : CONVERSATIONS AVEC JEAN-LOUIS ÉZINE, *Presses Pocket*, 1996.

PHILIPPE DJIAN

# DOGGY BAG

Saison 3

*roman*

Julliard
24, avenue Marceau
75008 Paris

*Ouvrage publié sous la direction de Betty Mialet*


ISBN 2-260-01675-8

## Principaux personnages

David Sollens
42 ans. Frère de Marc.
A été amoureux fou d'Édith. Vient d'épouser Josianne qu'il croyait enceinte.
Personnalité tourmentée.

Marc Sollens
41 ans. Frère de David.
A été amoureux fou d'Édith. Se met en ménage avec elle.
Très remonté contre la mairie. Quasi obsédé sexuel.

Irène Sollens
63 ans. Leur mère. Femme de Victor dont elle est séparée.
Épouvantée par le retour d'Édith. Catholique pratiquante. A été kidnappée, battue, violée. Une femme de caractère.

Victor Sollens
71 ans. Leur père.
Profondément préoccupé par la vieillesse et la mort.

Tente, sans grand succès, de revenir vers sa femme. Enchanté d'apprendre qu'il est le grand-père de Sonia.
De type ombrageux.

ÉDITH
40 ans. Mère de Sonia.
Retour après 20 ans d'absence. A laissé un mari (Paul) quelque part.
Vit désormais avec Marc.
Séjour en HP pour dépression 15 ans auparavant. Travaille pour le magazine *City* que dirige sa meilleure amie, Catherine Da Silva.

SONIA
20 ans. Fille d'Édith. Et depuis peu de Marc (avec lequel elle peine à entretenir des relations satisfaisantes).
Étudiante.
A un petit ami, Joël, 25 ans, dans une chaise roulante (mais n'avait de relations sexuelles qu'avec son dentiste, Patrick Vinter).
Odile, 18 ans, vit avec elle. Un peu teigne.

CATHERINE DA SILVA
40 ans.
Meilleure amie d'Édith et directrice de *City*.
Dix kilos de trop, mais joliment extravagante. Pratique l'échangisme (a eu des relations avec Marc au cours de ces soirées).

ROBERTO
42 ans. Ami d'enfance des deux frères, d'Édith et de Catherine.
Son restaurant a fait faillite. Aurait aimé plus d'attention de leur part.
A eu une histoire un peu sordide avec C. Da Silva, histoire dont il n'est pas fier et dont elle ne cesse de l'accabler.

BÉA
32 ans. Secrétaire des deux frères.
Secrètement amoureuse de Marc, mais David ne la laisse pas indifférente.
A une sœur Martine, en plein divorce.
S'éclate entre les deux frères.

JOSIANNE
35 ans. Maîtresse puis épouse de David.
Infirmière. A fichu le camp de chez elle à 16 ans pour avoir la paix.
Madame la-fin-justifie-les-moyens avec le corps de Jennifer Lopez.
L'un de ses enfants s'est noyé dans une piscine. Elle a une fille de 7 ans, Géraldine.

PAUL
45 ans. Mari d'Édith.
A pris une jeune maîtresse de 18 ans, Sylvie.
Vit à la campagne.

DOCTEUR NICOLAS BRADGE
58 ans. Médecin d'Irène, et accessoirement de Victor.
Sexualité mal définie. Amoureux d'Irène depuis le collège.

PÈRE JOFFREY
60 ans. Prêtre. Irène Sollens est l'une de ses ouailles. Fervent adepte de la course à pied et de la rénovation/entretien du bâtiment.

VALÉRIE ARDENTROPP
La soixantaine. Secrétaire particulière de Victor et relation d'Irène. Très attachée à son maître, une hystérique rentrée.

ÉLISABETH DORFLINGER
Voisine et relation d'Irène et Victor. Milite pour l'éloignement des maris. Très bronzée.

INSPECTEUR BLOTTE
Un poil misogyne.

VINCENT DELBORDE
Avocat des deux frères. Gay. À la tête d'un mouvement de résistance dirigé contre la mairie.

MARGA et GILBERT DAMANTI
Les voisins de Marc et Édith, proches de la cinquantaine. Sérieusement allumés. Enterrent des fœtus dans leur jardin et se montrent aux fenêtres.

*Lorsqu'ils avaient vingt ans, et sous les yeux effarés de leur mère, David et Marc Sollens ont failli s'entretuer pour Édith – laquelle, amoureuse des deux garçons, en a profité pour s'enfuir avec un second couteau avant que les choses ne tournent encore plus mal.*

*Ils ont aujourd'hui la quarantaine et elle revient. Aïe.*

*Elle a une fille de vingt ans, Sonia. Et comme elle couchait avec les deux frères, à l'époque, il y a un moment de flottement. Mais on finit par apprendre que le père est Marc et ça tombe bien, ça tombe très bien, car Édith et Marc se mettent bientôt en ménage.*

*On a pensé un moment que David allait s'étrangler – et on l'aurait compris – de voir Édith lui passer sous le nez une seconde fois, mais c'est là qu'intervient Josianne, une infirmière avec le corps de Jennifer Lopez, qui surprend tout le monde en obligeant l'aîné des frères Sollens à l'épouser – après l'avoir mise enceinte.*

*Pendant ce temps, la mère, Irène, a été enlevée*

*par un maniaque sexuel, tandis que Victor, son mari, tente un come-back à ses côtés car son vieux cœur bat de nouveau pour elle. Vu ?*

*On traverse un été chaud, ardent. À la suite d'un monstrueux orage, la ville est inondée et l'on se croirait à Venise, mais sans les touristes, et l'on baigne alors dans une atmosphère un peu délétère. On voit des hélicoptères tourner dans le ciel, on voit passer des vedettes de la police fluviale, et beaucoup de gens en ont assez, beaucoup de gens reprochent au maire son incurie et les Sollens en font partie. Les deux frères. Pas le père. Pas Victor Sollens qui fraye pas mal avec le camp opposé.*

*Marc a acheté une maison au bord du fleuve et David a investi l'appartement de son père, si bien que celui-ci passe désormais de nouveau ses nuits sous le même toit que sa femme, ce qui constitue un net progrès mais demeure assez éloigné du but recherché.*

*Lorsque, l'âge aidant, on sent la mort approcher, il est difficile de ne pas se montrer impatient. Si, dans l'histoire, il n'avait pas gagné une petite-fille, qui sait quelle période dépressive il traverserait en ce moment, quelles pensées mortifères l'assailliraient à soixante et onze ans passés.*

*Tout autour, la ville miroite et clapote. Édith, qui eut longtemps la phobie de l'eau, surmonte brillamment l'épreuve. Elle refuse de s'inquiéter de l'appétit sévère de Marc pour le sexe et reste persuadée qu'elle a fait le bon choix – elle pense parvenir à réduire leurs séances à deux fois par jour dans un avenir assez proche.*

*Elle revient de loin. Elle revient de si loin que parfois elle se sent à bout de forces mais elle tient bon. Elle gère tout ça. Elle a même réussi à ne pas affronter sa fille, à échanger quelques mots avec Irène. Elle gère tout ça.*

*Dans l'ensemble, il s'agit d'un équilibre précaire, assez étonnant, si branlant qu'il en acquiert une sourde fermeté, tout rompant qu'il s'affirme avec les lois les plus élémentaires de la physique des corps qui s'entrechoquent.*

*Mais comme toujours, et une fois de plus, le seul problème est de trouver la bonne cadence pour la lecture, la bonne foulée.*

Ph. Djian

# 1.

Au lieu de crier, elle se mordit la lèvre.

Dieu merci, il ne lui avait pas arraché la croix qu'elle portait au cou.

Elle se renfonça dans la sciure et les copeaux, dans le fond de la camionnette.

Roger se tenait dans l'encadrement. Le soufflement de la portière s'ouvrant, coulissant sur son rail, semblait encore suspendu dans l'air. Derrière lui, le jour se couchait sur les bois, quelques nuages obscurcissaient le ciel. Un fort parfum de terre et de feuillure frappa le visage d'Irène qui sentit sur ses joues le fil glacé des larmes qu'elle avait versées sur son sort.

Sa gorge était paralysée, si bien qu'elle était incapable de dire quoi que ce soit, incapable de hurler. Seul un misérable petit couinement de souris lui échappa des lèvres.

Il se pencha et lui saisit une cheville. Il la tira comme un énorme gigot. Avec horreur, elle s'aperçut que c'était sa culotte qui dépassait de la poche de Roger, de sa chemisette ouverte sur son poitrail. Sa culotte qu'elle avait cherchée partout. Puis il l'empoigna – il empoigna Irène – et la jeta au bas de la camionnette, sur un sol pierreux.

Atterrissage brutal. La forêt tourna dans les airs, autour d'elle. Le choc lui en avait coupé le souffle. Il la traîna. Elle avait à peine le temps de voir ce qui se passait, il la trimbalait au travers d'une herbe coupante, touffue, comme un vulgaire sac de linge sale qui bondissait au gré des bosses. Des brindilles craquaient à leur passage. Des oiseaux s'envolaient, traversaient le ciel qui avait pris des reflets presque verdâtres.

La journée avait pourtant été magnifique, une journée comme les mères les aimaient, mariant un fils le matin et s'envoyant en l'air en fin d'après-midi. Avec cet homme. Avec cet homme qui à présent lui avait cassé le nez et la traînait au milieu d'une clairière sans doute inaccessible, située à des kilomètres du moindre voisinage, au fin fond d'une forêt que d'improbables chasseurs fréquentaient au mieux une fois par an et qui ne figurait même pas sur les cartes de la police. Sa tête valdinguait de droite à gauche. Pourquoi faisait-il ça ? Qu'est-ce qu'elle lui avait fait ? Qu'est-ce qu'elle lui avait dit ? Qu'avait-elle dit ou fait pour que cet homme se transforme en bête sauvage ?

Il s'agissait d'une carrière abandonnée. Quelques bâtiments bas, de béton armé, étaient encore debout derrière des sureaux, mais ne possédaient plus ni portes, ni volets, ni fenêtres. Elle ne criait toujours pas. Elle-même s'en étonnait. Ces bâtiments étaient particulièrement bas de plafond, particulièrement déprimants d'apparence, mais elle tenait sa panique à distance, elle s'efforçait de garder un esprit réceptif.

De son futur bourreau – vu comme l'affaire tournait – elle ne discernait pas grand-chose. Celui-ci n'avait pas davantage prononcé un mot si bien que, cherchant à en savoir un peu plus, elle tentait de surprendre quelque information sur ce visage que l'autre renfrognait au point d'en devenir méconnaissable. Roger était-il un kidnappeur ? Était-ce un désaxé ? Était-il calme, était-il en pleine crise ? Ses cheveux noirs lui tombaient sur les yeux et il avait ce fardeau à traîner, son butin à mettre à l'abri – c'est ainsi qu'elle voyait les choses. Elle sentait que son corps se trouvait d'un côté et son esprit de l'autre. Ils s'arrêtèrent devant une porte. Elle jeta un coup d'œil à ses cuisses qui étaient couvertes de traînées sombres et d'égratignures. Ces cuisses qu'il avait si gentiment mordillées quelques heures plus tôt.

Une seconde plus tard, il la jetait sur un lit, une espèce de paillasse à même le sol. Elle n'y voyait pratiquement rien, la pièce était sombre. Elle ouvrit la bouche pour protester quand il lui attacha les bras à un tuyau qui courait le long du mur, mais elle se ravisa. Elle se mordit de nouveau les lèvres. Puis il se dressa au-dessus d'elle. Sans réellement le distinguer, elle sentit le regard qu'il posait sur elle.

« C'est donc ça, se dit-elle. Uniquement ça ! Un de plus ! Légèrement plus atteint que les autres, c'est entendu, mais le tronc demeure commun. » Elle en aurait soupiré en d'autres circonstances. C'était tellement navrant, tellement décourageant, d'une certaine manière. Et elle ne parlait pas simplement pour lui, elle parlait aussi pour elle. Car elle voulait être franche, elle ne voulait pas apparaître comme la créature sans tache qu'elle n'était pas. Elle avait joui. Que le Seigneur lui pardonne, mais elle avait joui, pourquoi le cacher, elle avait joui, non ? Aussi qu'éprouvait-elle dans ses profondeurs les plus intimes ? Était-ce la pire des situations ? Elle essaya de se persuader que non malgré la douleur qui irradiait depuis le centre de son visage.

Ne pas le contrarier. Elle avait vécu avec des hommes, elle savait ce que cela signifiait. Victor était capable de piquer des colères épouvantables et ses deux fils avaient un fort caractère, l'un et l'autre. Avec le temps, elle avait appris comment les hommes fonctionnaient. Elle baissa la tête. Ne pas le contrarier. Ne pas céder à la panique. Ne pas le contrarier. Ne pas céder à la panique.

« Pourquoi m'attacher ? Je ne vais pas m'enfuir », dit-elle. Elle était presque sincère – bientôt, des serpents allaient lui sortir de la bouche et elle ne l'aurait pas volé. Comment pouvait-elle ressentir de telles choses ? Éprouver des sentiments aussi tordus ? Intérieurement, elle haussa les épaules – en même temps qu'elle rentrait la tête dans les dites épaules.

Quoi qu'il en soit, il n'avait pas répondu. Ce n'était pas bon signe. Quand un homme gardait ce qu'il avait sur le cœur, ça finissait toujours mal. Voilà une chose qu'elle savait, que toutes les fibres de son être savaient. Et aussi qu'ils étaient des animaux.

« Avez-vous quelque chose à boire ? » demanda-t-elle. Au même instant, elle sentit qu'elle venait de faire mouche. Comme si elle venait de tomber par hasard sur une bonne combinaison. Elle venait d'établir le contact avec lui. Dans la pénombre, il s'était figé tout à coup, donnant l'impression qu'il réfléchissait sérieusement à la possibilité d'accéder à la requête de sa victime qui non seulement, en aucun cas, ne songeait à s'échapper, mais se proposait au contraire d'égayer la soirée, à la poursuivre dans la bonne humeur. Ne pas le contrarier. Ne pas paniquer.

Sans un mot, il s'avança vers la forme sombre d'un placard et l'ouvrit. Elle en éprouva un fort soulagement. Elle ne jouait pas la comédie. Elle avait une terrible soif. Elle aurait donné sa montre en échange d'un grand verre de vermouth – ou équivalent.

Irène connaissait les bienfaits de l'alcool depuis de nombreuses années à présent, en fait depuis qu'elle avait découvert que ses deux fils étaient fous et que son mari la trompait, disons depuis deux bonnes décennies donc, mais les choses étaient devenues un peu plus sérieuses à partir de 2001, date à laquelle Victor avait quitté la maison, l'abandonnant sous le regard de tous et de toutes, piétinant sans hésiter ce qui lui restait de dignité féminine en s'installant en ville comme le sinistre salaud qu'il était – pourquoi ne l'avait-elle pas laissé mourir sur le trottoir, presque un demi-siècle plus tôt, claquer d'overdose comme le sinistre salaud qu'il allait devenir ?

« S'il vous plaît, Roger, détachez-moi, murmura-t-elle. Buvons ensemble. »

Certes, il ne s'était jamais montré très bavard. Ce

matin encore, lorsque Joffrey lui avait présenté ce miraculeux menuisier – non seulement l'homme était disponible, mais il travaillait même le week-end, et pour un prix très raisonnable –, sans doute Irène l'avait-elle jugé pourvu d'un physique avantageux, d'un irrésistible charme, mais avait-il seulement prononcé trois mots ? Avait-il fait autre chose que marmonner entre ses dents, qu'opiner en silence tandis que l'abbé plaidait pour qu'on reprît le chantier au plus vite ?

Elle avait pensé qu'il était intimidé. Qu'il était sans doute plus loquace, d'ordinaire.

La suite ne lui avait pas donné raison. Elle avait dû insister pour connaître son prénom, après quoi il l'avait invitée sans tarder dans sa camionnette et en dehors des obscénités qu'il lui avait soufflées à l'oreille au cours de l'exercice – et dont elle devait bien avouer ne pas s'être offusquée outre mesure –, il ne l'avait certes pas saoulée de paroles.

Au lieu de la détacher, il entreprit de la bâillonner. Elle en aurait pleuré de déception. Car en fait d'alcool, c'était d'adhésif qu'il s'était muni, d'un méchant rouleau d'adhésif toilé – comment avait-elle pu être si naïve ?

Ils n'étaient pas en train de faire un pique-nique. Ils n'étaient pas au bord de l'eau. Elle eut un ricanement nerveux cependant qu'il en tranchait un bout avec ses dents et lui fermait la bouche d'une oreille à l'autre. Elle n'était pas près de revoir une goutte d'alcool pendant un moment. Elle était consciente de la situation. Elle savait que c'était sérieux. Qu'elle avait un rôle difficile à jouer. Un peu d'alcool ne lui aurait pas fait de mal. Un peu d'alcool aurait sans doute été bon pour son courage, pour augmenter son courage, pour l'aguerrir, un verre n'aurait pas été de trop.

Elle avait si profondément souffert du départ de Victor qu'il avait bien fallu qu'elle trouve quelque chose et le vermouth lui rappelait un voyage qu'ils avaient effectué en Italie, à l'époque où ils étaient amoureux et donc elle avait choisi cet alcool par dérision, pour que la joie et la tristesse apprennent à faire bon ménage, parfois elle ajoutait une légère dose de gin, ou encore une olive lorsqu'elle était seule et que même d'autres problèmes la tracassaient.

En l'occurrence, elle aurait aussi bien pu boire de la pisse de chien si l'effet avait été comparable, elle aurait pu le supplier à genoux pour avoir droit à un verre d'alcool eu égard à la condition dans laquelle elle se trouvait, mais visiblement, elle n'avait pas affaire à un tendre.

Se souvenait-il du plaisir qu'elle lui avait donné ? Se souvenait-il à quoi elle s'était soumise de bon cœur ? N'éprouvait-il aucune reconnaissance ? Avait-il besoin de la traiter ainsi, de la malmener, de la traîner, de l'attacher, de la séquestrer, de lui refuser le peu qu'elle demandait ?

Lui avait-elle refusé quoi que ce soit ? Était-il un *monstre* ? Un *monstrueux* ingrat ?

Il alluma une petite télé. Un porte-avions errait dans l'océan Indien. Une télé en pleine forêt ! C'était tellement inattendu. Cette image qui venait de surgir de l'obscurité et qui éclairait à présent la pièce de sa lueur spectrale et trépidante, quelle surprise ! Quelle apparition insolite.

Il s'avança et cogna dessus pour stabiliser l'image, agita l'antenne, un peu stupidement. Le son était coupé. À présent, il s'agissait d'un match de football ainsi que des terribles batailles qui se déroulaient au même instant, sur les gradins. Les sièges volaient bas.

Roger sortit un paquet de biscuits du placard, s'installa dans une sorte de canapé avachi et commença à les engloutir sans quitter l'écran des yeux.

Elle trouva cette scène absolument terrifiante. Le craquement des gâteaux secs entre les mâchoires de Roger pour seul fond sonore et le froissement du papier d'emballage et le désintérêt total qu'il lui manifestait tout à coup et cette télé où les images s'enfilaient comme des perles dans un mouvement sans fin. Mais qu'elle eût peur ou non ne changeait pas grand-chose. Ses bras lui faisaient mal. Elle s'aperçut qu'ils supportaient le poids de son corps, bien qu'elle fût pratiquement allongée. Une loque. Ses bas, plus solides que de la cordelette, lui cisaillaient les poignets.

Quelle heure était-il ? En tout cas, la nuit était tombée. On devait commencer à s'inquiéter pour elle. Ou peut-être pas. Peut-être que tout le monde s'en fichait. Elle n'en aurait pas été fondamentalement étonnée. Par une étroite lucarne, elle avait vu passer de fins nuages, blancs et raides comme des cigarettes sur un ciel noir. Ça lui disait qu'il y avait du vent mais ça ne lui donnait pas l'heure. Qui allait la regretter ? Combien faudrait-il de temps avant qu'elle ne soit totalement oubliée ? Qu'allait-il se passer quand il aurait terminé ses biscuits ? Y en avait-il d'autres boîtes ?

Au bout d'un moment, il tourna un œil vers elle. Il s'agissait à présent de centaines de millions de volailles qu'on brûlait aux quatre coins du globe, de ces gigantesques barbecues planétaires, sujet qui ne semblait guère intéresser Roger – non plus que l'inciter au sommeil. Il fixa Irène durant une bonne minute.

Terrible minute pour elle. Mentalement, elle se récita une prière. Le fameux réconfort de la prière, largement moqué, ici ou là, mais qui faisait ses preuves, une fois de plus, qui empêchait le menton d'Irène de trembler et ses genoux de jouer des castagnettes, son angoisse d'empirer. Terrible minute au cours de laquelle les choses pouvaient basculer – comme elles avaient basculé après la cérémonie, dans cettc chalcur lumineuse, lorsqu'elle avait subitement décidé qu'il fallait retrouver ce menuisier *sans perdre une seconde*, d'absolument *toute urgence*, afin de se donner à lui. De s'envoyer en l'air, comme on dit – « *Seigneur, je me suis moquée de Toi. Seigneur, je me suis moquée de Toi. Mais accorde-moi Ton pardon. Seigneur, accorde-moi Ta miséricorde. Seigneur, ne te détourne pas de ta détestable brebis.* »

Puis il baissa les yeux sur sa poche de chemise. Et Irène frissonna. Sa culotte. Oh non, zut ! Trop tard ! La chose avait-elle chatouillé les narines de Roger ou était-ce le fruit d'un hasard malencontreux, d'un redoublement de malchance, de déveine à l'état pur ?

Pourquoi diable, aussi, s'était-elle encombrée d'une culotte ? Quelle stupidité. Quelle risible opiniâtreté à sauver les apparences. Jusque envers soi-même. Elle se serait donné des gifles. Elle divaguait.

Cependant, il n'en fallut pas plus pour réveiller quoi que ce fût qui sommeillât dans l'esprit de Roger, lequel alors ébaucha un mauvais sourire en extrayant de sa poche l'accessoire même que fixait Irène avec désespoir. Il y enfonça le nez, inspira. Geste qui aurait enchanté Irène plus tôt dans l'après-midi et la plongeait à présent au fond de noirs abîmes. Pour l'heure, elle n'avait plus souvenir que le moindre plaisir pût être lié au sexe – mais elle aurait eu tant à dire sur l'étrangeté de la nature humaine, ne fût-ce qu'en se basant sur sa propre expérience, elle aurait eu tellement à raconter de son simple point de vue. Adolescente, déjà, un jour elle aimait les garçons et un jour elle ne les aimait pas.

Elle ne voulait surtout pas montrer que la simple idée d'un rapport physique la révulsait. Il lui restait encore assez de jugement pour ne pas rendre ce qui était insupportable encore plus insupportable. Récemment, elle avait lu un article affirmant que l'on devenait bien plus fûté en vieillissant. Voyant que Roger se levait, elle détourna les yeux.

Mais les choses n'étaient pas aussi simples. Il ne suffisait pas de détourner les yeux. Détourner les yeux suffisait rarement, d'une manière générale.

L'important était d'être en vie. « À ce simple constat, on devrait bondir de joie », se dit-elle en se mordant les lèvres pour éviter un pleurnichement. Elle n'osait pas regarder, mais elle avait conscience qu'il approchait. Qu'il allait poser ses mains sur elle d'une seconde à l'autre. « Comme la journée avait été belle ! » se força-t-elle à penser. Comme le soleil avait été vif, comme la matinée s'était montrée lumineuse, comme elle s'était sentie heureuse quand ce mariage avait été conclu, sans même parler de ce sublime instant où elle avait complètement perdu la tête, où ce sublime frisson l'avait traversée. Elle devait rester positive. Elle devait penser positif. Elle devait remplir son esprit de lumière si elle voulait pouvoir affronter l'obscurité qui s'annonçait.

Elle avait déjà le nez cassé. Elle avait davantage besoin d'aspirine que de sexe. Davantage besoin d'antidouleurs et d'anti-inflammatoires que d'une énième séance.

Qui viendrait forcément, d'une manière ou d'une autre. Qui n'aurait rien de romantique. Elle connaissait ce genre d'histoire, elle lisait les journaux, elle avait vu des centaines de films, tout le monde savait ce qui arrivait quand on tombait sur un maniaque.

Elle se demanda si elle était la première, en même temps qu'il s'accroupissait près d'elle, et son cœur battit un peu plus fort. Elle n'y connaissait rien en oiseaux de nuit, mais l'un d'eux lança un cri profond, étouffé, en survolant cette espèce de lugubre clairière. Parfois, le soir, quand elle prenait un dernier verre sur sa terrasse, bien souvent seule, bien souvent subtilement ivre – rien ne valait le fourmillement de l'imperceptible ivresse –, l'un de ces rapaces hululait dans les bois et – *pou-po-po-po-po-po-po... pou-po-po-po-po-po...* – elle s'asseyait pour fumer une cigarette dans son pyjama de soie.

Il lui saisit une cheville. Elle poussa le genre de cri qu'on pousse quand on est bâillonné et qu'on a le nez cassé. Mais elle cessa aussitôt lorsqu'elle croisa son regard.

La maigre clarté sautillante en provenance de la télé – la réception semblait se dégrader – n'adoucissait sans doute pas les traits, mais il avait un air franchement terrible.

De ténébreux, il était devenu terrible. Presque grimaçant. La protestation d'Irène lui avait déplu. Elle se figea. Elle retint son souffle. S'il lui avait rendu la parole, elle aurait à l'instant affirmé que tout allait bien, qu'elle ne dirait plus rien, et qu'elle se laisserait faire, elle le jurait, qu'elle subirait sa volonté sans rechigner.

Donc, elle lui abandonna sa cheville. À condition qu'il ne la casse pas, qu'il ne la torde pas, qu'il ne la morde pas, qu'il ne la brûle pas, etc.

Bon, cet homme était complètement fou, c'était sans doute un de ces maniaques sexuels réellement bons pour l'asile, mais peu importe, la nature de sa maladie ne changeait rien au problème, songeait Irène observant, navrée, les faits et gestes de ce détraqué. Remonter une culotte. Il en était là. Remonter une culotte. Tirer sur les élastiques. Ce petit jeu stupide. Se rincer l'œil. Lui caresser les cuisses. Écarter. Manipuler. Malaxer. Combien de temps tout cela allait-il durer ? Allait-elle passer des jours attachée à ce tuyau, à la merci d'un menuisier psychopathe, genre fétichiste, allait-elle en baver, allait-elle payer très cher cette petite aventure, sa *seule*, sa *première*, son *unique* aventure ?

Au matin, lorsqu'elle ouvrit un œil, le soleil tombait d'une étroite fenêtre, inaccessible. Elle eut un peu de mal à retrouver ses esprits. Elle grimaça dès lors qu'elle essaya de bouger.

Elle semblait seule, on n'entendait rien. Elle passa le bout de sa langue sur sa lèvre fendue. Le sang avait séché. D'autre part, son attention était retenue par une masse verte qui flottait dans un coin de la maigre ouverture. Irène mit un bon moment avant de reconnaître une touffe d'herbe.

Il lui fallut encore un bon moment pour comprendre ce que ça signifiait. Qu'en fait, l'espèce de vasistas en question se trouvait au ras du sol. À environ trois mètres au-dessus de sa tête. Voyant cela, elle songea aussitôt, sans raison bien précise, qu'on ne la retrouverait jamais et elle en conçut une vive, une terrible et très vive désillusion.

Les choses n'allaient pas s'arranger, c'était évident. Elle était en vie, cette fois-ci, et peut-être le serait-elle encore deux ou trois fois, mais ensuite ? Combien de temps les victimes avaient-elles tenu lors d'épreuves similaires ? Combien de sévices avaient-elles endurés ?

Avec dégoût, elle découvrit qu'elle était d'une saleté repoussante. Il n'y avait pas que le sang et la poussière, cet homme était un vrai malade mental. Rien, ni les larmes ni la gentillesse ne l'avaient arrêté, ni la bonne volonté.

Par chance, elle n'avait rien de cassé, à première vue. En dehors de son lot d'ecchymoses et d'égratignures, son corps ne souffrait d'aucune sérieuse blessure.

Où était-il passé ? De nouveau, elle tendit l'oreille, les yeux fixés au plafond où se découpait l'encadrement d'une trappe.

En tout et pour tout, elle ne portait plus qu'une chaussure, qu'en toute logique elle aurait déjà dû perdre mille fois. Quelle heure était-il ? Elle n'avait plus de bijoux, plus de montre. Qu'il garde les bijoux. Que grand bien lui fasse. Qu'il garde aussi la montre.

Elle n'était pas attachée. Ni bâillonnée. Non pas qu'il eût fait preuve d'humanité – dans tous les sens du terme – au cours de la nuit, mais il voulait qu'elle soit active, qu'elle parle, qu'elle ouvre la bouche, qu'elle remue ses bras et ses jambes et il n'avait pas jugé nécessaire de prendre certaines précautions pour l'empêcher de fuir avant de la flanquer en bas des marches. Ce qui n'était certes pas rassurant. Son visage la brûlait. Pour une raison ou pour une autre, son œil gauche était à demi fermé.

Elle avait atterri sur un sol de terre battue, aussi noir que du charbon. Elle se redressa. De se voir ainsi malmenée, outragée, abandonnée sur la terre nue, traitée comme un animal, elle ne put retenir une larme silencieuse qu'elle se reprocha aussitôt. N'avait-elle pas mieux à faire ? Ces marches allaient-elles se grimper toutes seules ?

Sa peau la tirait de tous les côtés. En se mettant debout, elle eut l'impression de s'être battue avec un bâton de colle. Elle avait besoin d'un bon bain. Elle avait un besoin urgent de sa crème *Collagenist*

*Intense Fill* de chez Helena Rubinstein – et de tout ce qui avait un rapport avec le monde civilisé.

Un sourire un peu triste flotta sur ses lèvres – dont elle explora de nouveau l'entaille d'une langue précautionneuse. Puis elle empoigna la rampe et commença à gravir les marches qui conduisaient à la trappe. En passant, elle jeta un coup d'œil au vasistas par lequel s'engouffrait l'intense lumière du jour : un grand et puissant ciel bleu s'élevait au-dessus de la clairière. Son estomac gargouilla.

Il n'y avait personne au-dessus. La pièce était vide. Sur la table, couverte d'un morceau de toile cirée dont les motifs étaient aux trois quarts envolés, elle découvrit un verre. Avec de l'eau et des fleurs coupées. Des fleurs jaunes, peut-être des pissenlits. Des fleurs fraîchement cueillies. Elle eut du mal à s'en détacher, à poser le regard sur autre chose. Dans un coin se trouvait cette paillasse sur laquelle s'était déroulée une bonne partie des choses, dans l'autre le placard où il gardait ses réserves. Pas d'évier. Pas d'eau. Alors que l'eau lui semblait tout à coup indispensable, exceptionnellement appropriée. Qu'elle voulait de l'eau par-dessus tout, de l'eau plus que n'importe quoi au monde. Il ne s'agissait pas de prendre un bain, ni même une douche, mais d'une simple bassine, d'un simple filet pour nettoyer un peu son visage et au moins le plus gros, ses membres meurtris. Elle ne parlait même pas du luxe d'un morceau de savon.

Elle repensa à l'eau qui avait miroité en arrivant, derrière un amas de poutrelles tordues, de rails démantibulés qui semblaient jaillir de terre et s'arrêtaient net, comme aux portes d'un autre monde. De l'eau avait miroité entre les jambes de Roger, à travers les herbes, à moins d'une centaine de mètres, tandis qu'il l'avait traînée sur le site en grognant comme une bête sauvage.

Il suffisait de traverser les broussailles jusqu'aux autres bâtiments – de semblables structures basses en béton armé, ouvertes à tous vents, squelettiques – pour voir de quoi il retournait – mare, trou d'eau, bassin, étang, piscine, peu importe, tout ce qui évoquait l'eau lui convenait.

Dehors, des moineaux piaillaient joyeusement. Vingt ans plus tôt, les mêmes avaient piaillé sous les fenêtres de l'hôpital où gisaient ses fils, réchappés par miracle de leur abominable vol plané dans des bois qui ressemblaient à ceux-ci. Avec l'automne, le spectacle allait devenir saisissant, de l'or pur allait s'accrocher aux branches. Les jours allaient raccourcir, le ciel allait devenir grandiose. De son balcon, elle voyait les forêts flamboyer aux alentours de la ville. Parfois même, elle prenait une photo.

Elle se força à se redresser. Elle tremblait. Stupidement, elle se mit à chercher sa jupe – qui heureusement n'était pas loin mais dont la fermeture Éclair était en miettes.

Elle ouvrit la porte. Elle cligna des yeux. D'une main, elle empoignait fermement sa jupe qui ne demandait qu'à glisser à ses chevilles. Des insectes volants zonzonnaient autour d'elle, des particules étincelaient dans les rayons du soleil.

Elle tremblait de ne pas savoir où il était. Elle ne se sentait pas très vaillante. Mais elle avait besoin d'eau. L'idée qu'en ce moment-même la moitié de la région était sous les eaux la fit vaguement grincer – elle ne goûtait pas ce genre de sel, elle ne pratiquait pas ce genre d'humour, ce genre de dérision, elle ne goûtait vraiment pas ce genre d'ironie.

Aussi fila-t-elle droit devant, traversa-t-elle l'esplanade en direction du magnifique reflet qui n'avait pas bougé depuis la veille.

Elle se sentait déjà mieux. Et lorsqu'elle arriva en vue de ce miroir vert émeraude, elle se figea, elle fut frappée par sa beauté. Il s'agissait d'un vert émeraude *éclatant*, quasiment irréel, extraordinairement lumineux. Extraordinairement profond, semblait-il. Sans doute le puits d'une mine qu'on avait inondée. Il y avait aussi du vert jade et un bleu turquoise irisé avec lesquels se confondaient les libellules.

Au même instant, une corde se referma autour de son cou et on la tira violemment en arrière. Elle roula dans l'herbe sèche, pulvérulente, le souffle coupé. Roger semblait ravi. Fier de son adresse. Il la corrigea et la fouetta frénétiquement avec l'autre extrémité de la corde qu'il parvenait à faire claquer sur la peau, trépignant autour d'elle.

Ensuite, il monta à califourchon sur elle et se fit promener ici et là, tandis quelle suffoquait à moitié. Qu'il faisait du cheval sur elle en l'étranglant à moitié.

Plus tard, elle fit un bon calcul. Elle fit fonctionner son intelligence. Elle évalua les forces qui lui restaient et décida qu'elle tenterait le tout pour le tout avant la fin du jour. Ensuite, il serait trop tard, elle ne serait plus à la hauteur, elle serait totalement épuisée, ou bien peut-être l'aurait-il plus ou moins tuée d'une manière ou d'une autre.

Cette situation lui rappelait un film où le héros n'avait plus qu'une seule balle à tirer. Pas deux. Elle n'avait rien de précis en tête, cette histoire avait sans doute été tournée des milliers de fois, par des générations d'acteurs.

En tout cas, il restait à tenir jusque là pour profiter du crépuscule. Elle ne pouvait rien risquer en plein jour contre lui, elle ne l'aurait pas eu à la course, il était beaucoup plus fort qu'elle sur ce terrain, un homme dans la fleur de l'âge, un manuel, il fallait donc tenir jusqu'au soir puisque la complicité de l'ombre s'avérait nécessaire – elle espérait se fondre dans la nuit, réduire ainsi son handicap, elle misait beaucoup là-dessus, au point qu'il ne lui restait plus beaucoup de jetons devant elle.

Elle fit un excellent calcul, en ce qui concernait la situation. L'ayant mesurée froidement, s'étant livrée à une rigoureuse analyse des forces en présence, elle était parvenue à décider du meilleur moment pour tirer sa dernière cartouche. Et il n'y en aurait pas d'autre, Irène l'avait parfaitement compris.

Voyant que l'heure approchait, elle repoussa Roger qui s'était vautré sur elle et commençait enfin à s'assoupir, l'écrasant de tout son poids et lui soufflant au nez sa redoutable haleine vineuse. Elle n'était plus une gamine, l'âge des crises de nerfs était passé. Il ne servait à rien de s'appesantir sur les moyens mis en œuvre. Seul le résultat comptait. Et lorsque le soleil rougeoya au-dessus de l'horizon, quand se réveillèrent les moustiques, elle avait encore ses deux bras et ses deux jambes et chacun de ses viscères était toujours en place – pour le reste, il y avait le détergent et les brosses, rien qui ne finît par s'en aller, songea-t-elle un peu crânement.

Elle se laissa glisser du canapé. Il ouvrit un œil. Il la considéra d'un air hébété, d'un air à présent plus mauvais que lubrique. À cela, rien d'étonnant. Elle avait éteint la dernière braise de ce sinistre feu au terme d'un rodéo qui avait duré ce qui lui semblait des heures mais après quoi il allait la laisser tranquille pendant un moment, tout valeureux maniaque sexuel qu'il était. Elle avait lutté. Elle avait, comme on dit, retroussé ses manches. Sa détermination était inébranlable. Elle n'avait pas eu à réfléchir longtemps. Résister conduisait tout droit à la mauvaise case. Moralement, c'était un très grand réconfort de voir les choses aussi clairement, de savoir qu'on n'a pas d'autre choix. Rester en vie n'était-il pas ce qui importait ? Afin de les contrôler, elle était allée au-devant des désirs de son tortionnaire – s'il avait existé d'autres moyens, elle ne les connaissait pas. Mais bref. Quoi qu'il en soit, elle ne s'était pas comportée comme une mauviette. Roger avait beau être ce qu'il était, on n'avait pas affaire à un surhomme et le bougre finissait à présent par montrer ses limites.

Il voulait maintenant qu'elle lui foute la paix et qu'elle le laisse regarder la télé – il venait de la repousser, d'un bon coup de pied, sous la table, avant de se renfoncer dans le canapé et le coup avait manqué de violence. Une caresse en comparaison de ceux qu'il lui avait administrés tout au long de l'après-midi en vidant quelques bouteilles d'un vin chilien extrêmement odorant – et présenté dans des bouteilles au long col. À plusieurs reprises, elle avait fini en larmes, mais à présent que le soir tombait, elle se félicitait d'avoir pu conserver quelques forces après être passée entre les mains de cet effroyable dément.

Lequel resta plongé un instant devant un épisode des *Simpsons*, puis ses yeux papillotèrent. Elle ricana intérieurement pour cette victoire au finish qu'elle remportait. Il était épuisé. Certes, elle avait souffert, elle avait saigné, elle avait enflé, elle n'était sans doute pas très belle à voir, mais son adversaire était au sol. Ce salopard était KO. Ce salopard était repu. Ce salopard alcoolisé piquait finalement du nez devant un épisode des *Simpsons* – tandis qu'elle gisait presque en miettes à ses pieds, mais victorieuse.

Durant une minute, elle caressa l'idée de lui régler son compte au moyen de quelque chose qui lui tomberait sous la main, mais quoi ? Elle ne voyait rien qui ressemblait de près ou de loin à une arme, à un objet contondant – elle ne faisait pas confiance à une bouteille. Et elle n'était pas sûre d'en avoir le courage. Et si elle le ratait ? Était-elle prête à courir le risque ? Et s'il se relevait furieux, le visage en sang, combien s'écoulerait-il de secondes avant qu'il ne lui saute à la gorge ?

Si elle ne faisait rien, d'un autre côté, il se lancerait à ses trousses dès qu'il ouvrirait un œil – dans une minute ou dans quelques heures, Dieu seul le savait –, il la prendrait en chasse, fendrait la forêt comme une flèche, mais c'était décidé, elle avait trop peur, elle s'était résolue à ne rien tenter en dehors d'ouvrir la porte avec un milliard de précautions et de filer aussi vite et aussi loin qu'elle en était capable.

Dans un premier temps, elle rampa vers des chiffons qui avaient connu un blanc pur et pas le moindre faux pli le matin même – lors d'un imprévisible et bref moment d'euphorie, David l'avait soulevée dans ses bras et lui avait soufflé à l'oreille qu'elle était d'une classe absolue. L'autre bout du monde. Assurément une autre planète. Avait-elle rampé une seule fois dans sa vie ? S'était-elle une seule fois roulée par terre ? Quoi qu'il en soit, elle n'en avait aucun souvenir. Et elle n'en avait pas honte. Chacun était libre. Reste qu'elle n'avait jamais vu autant de crasse réunie sur une seule personnc. Ellc n'avait pas eu droit à un simple verre d'eau. Elle était encore plus sale qu'une clocharde, ses cheveux pendaient et les restes souillés de son tailleur lui iraient bientôt comme un gant.

Lorsque la tête de Roger s'affaissa, Irène imagina que chaque seconde qui passait enfonçait davantage Roger dans les limbes, si bien qu'elle attendit quelques instants avant de bouger – que le sommeil l'emporte encore plus loin et le rende sourd.

À la faveur de certains contacts, elle avait eu l'occasion de s'assurer qu'il ne portait pas les clés de la camionnette sur lui, ce qui prouvait qu'il n'avait pas le cerveau complètement grillé mais ne le rendait pas moins dangereux, au contraire. Encore une fois, elle était particulièrement lucide. Elle allait même éviter la piste et s'élancer à travers bois. Traverser la clairière, disparaître aussitôt que possible.

Elle l'avait saoulé. Elle l'avait éreinté. Elle avait endormi sa méfiance. Evité la cave. Plus facile à dire qu'à faire. Tellement plus facile. Elle le considéra une bonne fois avant d'entreprendre certains gestes visant à se remettre sur ses jambes. Elle tituba. Elle s'appuya au mur, à moitié prise de vertige. Ses cuisses tremblaient sous l'effort. Il n'aurait pas fallu qu'il lui manquât un gramme de ses forces. Mais elle avait tout brillamment calculé. Elle était très douée pour le calcul. Il fallait au moins lui reconnaître cette qualité, songea-t-elle en tâchant d'affermir son équilibre.

Des chaussures ? Il ne fallait pas rêver. Encore une fois, Roger ne s'était pas montré aussi dérangé que ça et il les avait jetées n'importe où en ricanant, en lui rappelant qu'elle ne pourrait jamais courir assez vite si des fois l'envie lui prenait, et elle sentait qu'il jouait aussi avec ça, avec une possibilité de course-poursuite qu'il évoquait sur un ton rêveur. Le parfait psychopathe. Franchement.

Quoi qu'il en soit, elle allait devoir s'élancer pieds nus. À cet instant, si elle avait été en possession d'une arme, elle se serait sans doute avancée pour l'égorger car la nouvelle épreuve qui consistait à s'enfoncer pieds nus dans la forêt lui semblait trop dure. Vraiment trop dure. Même sur une plage de sable fin, elle portait des sandales. De tout son corps, ses pieds constituaient la partie la plus sensible. Et cette histoire de plage ne datait pas d'aujourd'hui mais du plus lointain de ses souvenirs. De sa plus petite enfance. Le contact du monde avec la plante de ses pieds lui avait toujours posé problème. Bref, Irène se voyait déjà sautant dans les ronces et les épines, se tordant l'orteil dans une racine, se blessant sur un silex, se coupant, se déchirant, se cognant, etc., bref, et elle lui aurait bien réglé son compte sans hésiter, réflexion faite, pour s'épargner cette – quant à elle – épouvantable épreuve.

Elle voyait parfaitement ce que ses pieds allaient devenir. Ses plantes de pied. Fines et fragiles comme du papier à cigarettes. Blanches. Diaphanes. Marcher sur des morceaux de verre faisait partie des moments forts de ses cauchemars, dans le style rougeoyant, hémophilique.

Dans son dos, elle sentit la poignée de la porte – sorte de madeleine en laiton.

Elle se donnait – si ses calculs étaient toujours aussi bons, si la porte, une plaque de tôle, ne grinçait pas sur ses gonds, si une guerre n'éclatait pas entretemps, enfin si tout se passait normalement – environ une heure d'avance sur son futur poursuivant.

Ensuite, elle comptait sur la police. Sur les moyens mis en œuvre. Elle espérait que le jour se lèverait sur une nuée d'hélicoptères lancés à sa recherche, ratissant les bois, que des hommes descendraient au bout d'une corde pour l'asseoir gentiment dans un siège et l'hélitreuiller.

Victor était un ami du grand chef, Olivier De Watt, si bien qu'elle pouvait raisonnablement espérer qu'on passât pour elle le pays au peigne fin et qu'avec l'aube se terminât son calvaire. Parfois, se dit-elle en retenant son souffle, il n'était pas décourageant de savoir que l'on vivait dans un pays okay sur le plan technologique et pas au milieu de la brousse, surtout si l'on était kidnappé. Ce pays avait des hommes équipés avec du matériel de pointe, ce n'était un mystère pour personne.

Le cœur battant, elle glissa une jambe dehors. Roger avait basculé sur le canapé et les lueurs de la télé dansaient sur son front moite. Même ivre mort, il semblait sur le point de se dresser en sursaut pour de nouveau la maltraiter ou lui faire subir les derniers outrages avec le moins d'égards possible et le maximum de cruauté. Elle avait de quoi ne pas être rassurée, elle avait de quoi paraître livide. Refermant la porte dans son dos, elle leva les yeux vers le maigre croissant de lune qui scintillait au-dessus des cimes et pressa contre ses lèvres la croix qui pendait encore à son cou – alors qu'il s'était emparé du reste, mais allez savoir ce qui se passait dans le crâne de ce dément. Puis elle enfila sa jupe et sa veste et traversa la clairière en courant. Puis, dans l'obscurité du sous-bois, des branches basses commencèrent à gifler, écorcher, égratigner ses chairs. Rien d'étonnant à ça, vous me direz.

# 2.

Vers la fin de l'après-midi, Victor se retrouva seul. Pas réellement en pleine forme. D'ailleurs, Bradge devait passer pour lui renouveler son stock de trinitrine et autres saloperies chargées de le maintenir en vie le plus longtemps possible. Il n'était pas rasé, légèrement hirsute et d'une humeur de chien. Il avait refusé d'ouvrir sa porte à Élisabeth Dorflinger qui voulait absolument lui faire manger quelque chose – sans doute son infect pâté en croûte ou une nouvelle invention encore plus terrifiante –, mais il avait besoin d'être seul. Pas exactement d'être pris en charge et cajolé comme un vieux bébé par cette emmerdeuse en mal de mari ou de Dieu sait quoi.

« Je te demande gentiment de *foutre le camp !* » lui avait-il déclaré à travers l'œilleton.

Maintenant que David avait emménagé avec sa troupe dans l'appartement du centre, la maison était censée figurer la citadelle à l'intérieur de laquelle il n'aurait de cesse de reconquérir Irène par tous les moyens. La maison, débarrassée enfin de ses pensionnaires superflus, que rêver de mieux ? Quoi de plus adapté à leur futur tête-à-tête ? Mais las !

Il aurait dû être heureux, mais il ne l'était pas. Sonia était un fantastique cadeau pour ses soixante-dix ans, l'un des plus beaux qu'un vieil homme puisse espérer, mais ça ne suffisait pas, malheureusement. La tragique absence d'Irène balayait tout espoir de sortir des ténèbres, de même que sa décision de trahir ses deux fils.

Les aurait-il soutenus en d'autres circonstances ? Il n'en était pas sûr. Il n'avait rien encore décidé avant que De Watt ne le mît au pied du mur. Si bien que personne ne pourrait jamais répondre à cette question.

Le jour baissait. Il avait eu le maire au téléphone. Qui tenait à l'assurer du soutien et de la sympathie de tout le conseil, suite à la pénible épreuve qu'il traversait. Sur un ton tout à fait aimable, tout à fait cordial, uniment chaleureux. Au moins, il y avait un heureux, songea Victor.

De Watt appela pour dire qu'on avait retrouvé la voiture d'Irène. Que c'était une bonne chose. Un bon point de départ. Victor secoua la tête. Après quoi il sortit sur le balcon pour prendre l'air. « Où es-tu ? » fit-il.

Cette sacrée bonne femme ! Fallait-il qu'il soit fou ! Il ne l'avait pourtant pas quittée pour rien ! Il secoua de nouveau la tête. Pourquoi revenait-il ainsi vers elle ? Quelle étape supplémentaire et irréversible et invraisemblable avait-il franchie ? Était-ce un avant-goût de la mort, cet excès de sentimentalisme ?

Une brume légère s'étalait en contrebas, au-dessus

du fleuve, au-dessus des berges, au-dessus des terrains inondés, s'enroulait autour des jeunes frênes qui bordaient la voie rapide, se lovait dans les bosquets, virevoltait dans les tourbillons qui se formaient ici et là après le passage d'une vedette de la police fluviale vibrionnante. Était-ce Irène qu'ils cherchaient ?

Il ne l'avait guère quittée plus d'une demi-douzaine d'années. Pas davantage. Qu'était-ce au regard d'une vie passée ensemble ? Merde, soyons sérieux ! Ne lui avait-il pas consacré l'essentiel de son existence ? N'allait-il pas poignarder ses fils pour qu'on la retrouve et qu'on la lui ramène ? Et quoi, encore ?

Il était résolu à payer le prix. Ça ne se voyait pas ?

Bradge ne pouvait que l'approuver. Tout devait être mis en œuvre.

« Je reconnais que le procédé est absolument honteux, déclara celui-ci en jetant son panama sur un fauteuil de cuir souple. Mon pauvre vieux. Dans quoi nous a-t-elle encore fourrés ?

— Elle ne t'a fourré nulle part, camarade. N'oublie pas que tu parles de ma femme. *Toi*, elle ne t'a fourré nulle part. Pour commencer.

— Ça veut dire quoi ? Que je ne dois pas m'inquiéter ? Parce qu'elle est ta femme ?

— Et comment ! Je veux ! »

Bradge fit un geste signifiant son désir d'abandonner cette discussion et s'avança vers le bar. Le crépuscule se précisait, quelques étoiles devenaient visibles. Il se servit un verre en silence. Qu'il arrosa de soda.

« Écoute-moi, Victor. Fais ce que je te dis. Prends un somnifère.

— Écoute-moi, Nicolas. Je ne t'ai pas demandé conseil. Bois ce verre et rentre chez toi. Si c'est pour me dire ça, rentre chez toi. »

Nicolas Bradge haussa ses rondes épaules et soupira. Victor s'emporta soudain : « Tu ne l'as jamais baisée ! Ne te crois pas tout permis ! Bordel !

— Attends. Mais bien sûr que je ne l'ai pas fait. Qu'est-ce que tu racontes ? Ne sois pas si odieux, s'il te plaît. Je l'aime, c'est différent. Ça ne veut pas dire que j'ai des rapports avec elle. Bon sang, Victor, je suis amoureux d'Irène depuis le collège. Ce n'est quand même pas nouveau !

— Qui me dit que tu n'as pas profité de mon absence ? Qui me dit que tu n'en as pas profité pour coucher avec elle ?

— Eh bien, moi je te le dis. Je ne suis pas son amant. Ça ne m'empêche pas de me faire du mauvais sang pour elle. Non ? Dois-je attendre que tu m'en donnes la permission ?

— Bon, je vois que tu es vexé. Ne me dis pas non. C'est ton côté soupe-au-lait. Je t'avoue que c'est assez pénible.

— Regarde-toi. Tu n'as pas fermé l'œil depuis deux jours. Tu n'es qu'une boule de nerfs. Je te félicite. Je crois que je n'ai plus envie d'être ton docteur. Tu comprends, ça devient une plaisanterie. Je vais me laver les mains de ta santé. Parfait. Ça m'arrange. Veux-tu que je te trouve des amphétamines pour alterner avec les tasses de café ? »

Ils mirent la main sur des pizzas congelées cuites

sur la pierre au feu de bois. De la cuisine, largement ouverte, on avait une vue sur la forêt et sur la route qui serpentait contre son flanc jusqu'en bas. Par endroits, la voie express commençait à apparaître. L'eau baissait lentement. La moitié de la ville restait paralysée mais l'activité reprenait, les coupures de courant devenaient de plus en plus rares, les pompes fonctionnaient, le ramassage des déchets commençait à s'organiser, l'armée s'y mettait et l'éclairage public avait repris du service – en dehors de certains quartiers de la périphérie nord où la police n'allait plus, où un supermarché avait été vidé, où les crèches étaient quasi inexistantes.

« S'il te l'a promis, tu peux lui faire confiance déclara Bradge un peu plus tard. Je connais Olivier. S'il t'a dit qu'il allait faire le maximum, sois tranquille. Il n'y a pas une seule pierre dans le pays qui ne sera soulevée, je te le garantis. »

Ils étaient sortis sur le balcon. Les pizzas fumaient près des transats. Le ciel n'offrait qu'une maigre lune mais la réflexion des eaux éclairait la nuit de façon acceptable.

« Tu la vois, là-dedans ? grimaça Victor en esquissant un geste global. Tu la vois à la merci de ce merdier ?

— Noircir les choses ne sert à rien. Ressaisis-toi. »

Le fromage fondu rendait l'exercice difficile. Ces fils de caoutchouc dégringolants. C'était de bonnes pizzas, mais diablement difficiles à manger. D'autant qu'à partir d'un certain âge, les bridges, les couronnes, les implants, même les dentiers devenaient monnaie courante et tout ça n'avait pas la solidité d'une bonne dentition de jeune homme.

« Ne rigole pas. J'y ai laissé une dent l'autre jour. Tu ne devineras jamais avec qui. Non, mais tu sais que cette fille est folle. Je te l'ai dit, non ? Tu sais, je crois que c'est un truc de naissance. Qui n'a fait qu'empirer. En tout cas, je ne vais pas pouvoir la garder encore très longtemps. Et donc l'autre jour, je déjeunais avec elle et la voilà qui veut partager une côte de bœuf avec moi et elle dit au gars : *Apportez-moi quelque chose d'archicuit.* Je la regarde, croyant qu'elle plaisante, mais elle refait au type : *Attention, je ne veux même pas qu'elle soit rose.* Non, mais tu entends ça ? Tu sais qu'elle est cinglée.

— En tout cas, c'est une bonne secrétaire. Je ne sais pas si je vais pouvoir m'en passer. Il n'y a pas quelque chose à lui donner ? Quelque chose qui la calmerait. Que je puisse la garder à mon service.

— Oui, eh bien, parlons-en, justement. Ce n'est pas très bon pour elle. De travailler pour toi. Ce sont des rapports beaucoup trop étroits, beaucoup trop intimes, si tu veux mon avis. Ça peut devenir complètement obsessionnel chez elle.

— Attends ! Il y a trente ans ! Ne charrie pas, tout de même. Qu'elle ne vienne pas me reparler de cette histoire. Excuse-moi, mais ça remonte à une époque où on écoutait John Fogerty, j'espère que tu en es conscient. Toi et moi portions des pattes d'éléphant, mon vieux.

— Quoi qu'il en soit, n'oublie pas qu'elle avait déchiré tes rideaux, arraché ta moquette, ainsi que le papier des murs, et qu'elle était prête à se laisser mourir au pied de ton lit qu'elle avait par ailleurs *lacéré en long et en large,* en même temps que les draps. Alors, si tu veux mon avis, ne la reprends pas comme secrétaire. Trouves-en une autre.

— Écoute, tu ne connais rien aux femmes. Ça va aller. Elle a été contrariée. Ce sont des choses qui arrivent. Je parie qu'elle va se ressaisir Et en quel honneur déjeunes-tu avec elle ? C'est nouveau, ça. »

La nuit promettait d'être sans fin, d'une longueur effrayante. Bradge voulait bien monter la garde près des téléphones si Victor acceptait d'avaler un Halcion, mais rien ne se décidait. Victor ne voulait même pas s'asseoir. Ni manger de la pièce montée.

« Je crois que leur connard d'avocat va recevoir une lettre recommandée et qu'ensuite il les appellera pour leur apprendre qu'il n'y aura pas de procès. Ensuite, je ne sais pas trop ce qui va se passer. Ça risque d'être assez pénible. Ils avaient l'air d'y tenir, à ce procès, surtout Marc.

— Une minute. J'aurais voulu les y voir, aussi. À ta place. Avec la vie de leur mère dans la balance.

— Tu veux que je sois vraiment honnête ?

— Je n'en sais rien. Si c'est nécessaire.

— J'ai conclu certaines affaires avec ces gens-là. Suffisamment. Alors il n'y a pas qu'Irène. Dans la balance, il n'y a pas qu'Irène. Je planque mes fesses par la même occasion... Je planque *aussi* les miennes par la même occasion, d'accord ? Mmm. Sens-tu cette odeur vireuse, dès qu'on approche de la vérité ? Pourquoi nos dessous sont-ils toujours aussi merdeux, dis-moi. Le fait-on exprès ? »

Finalement, il accepta que Bradge prenne sa tension. Pas fameuse. Mais ce n'était pas une surprise. Ils se servirent un verre de cognac. Au bout d'un moment, Bradge s'endormit sur un transat, sous les étoiles filantes. De voir Victor aller et venir sur le balcon l'avait épuisé.

Victor allait et venait. Soudain, il se précipita sur Nicolas Bradge et le secoua violemment. « Elle est dans une forêt ! hurla-t-il. Elle est dans une forêt ! »

Bradge fit un bond de trois mètres. Ensuite, haletant, Victor l'attrapa par les revers de sa veste et lui hurla le message à la figure. Il venait de la voir. Il venait de voir Irène. Courant dans une forêt. « Comme je te vois, Nicolas ! Aussi clairement que je te vois ! Avec son tailleur blanc en piteux état ! » Quand il eut plus ou moins retrouvé son calme, il ajouta qu'elle ne portait pas de chaussures, que son œil était poché, que son nez était noir, qu'elle était méconnaissable. « Épouvantable ! Épouvantable ! Je l'ai vue comme je te vois, tu sais ! Et la pauvrette était pieds nus ! »

Tout le monde trouva ça dur à avaler. Vraiment space. Réveillé en pleine nuit, Olivier De Watt rechigna à chambouler le déploiement de ses troupes sous prétexte que Victor Sollens venait d'avoir une vision en 3D après quarante-huit heures de veille au cours desquelles il avait largement fait usage de café, de cognac, de nicotine, de trinitrine, et de quoi d'autre encore ?

« Rien, Olivier ! Absolument rien, je vous le promets. Mais je vous en conjure. Elle n'est pas en ville. Ne la cherchez pas en ville, ça ne sert à rien. Cherchez dans une forêt. Envoyez vos hélicos,

Olivier. Écoutez, je suis le premier surpris. Ce n'est pas mon genre, vous savez. J'étais aussi perplexe que vous. »

Il était convaincant. Il avait la réputation d'un homme avec la tête sur les épaules, dur en affaires, peu enclin aux délires, peu versé dans les drogues, si bien qu'en définitive De Watt se laissa fléchir – après tout, il s'agissait de la femme de Victor Sollens, et pas de la sienne.

« Je ne conçois aucune espèce de doute, Olivier. J'ai l'esprit parfaitement en paix. Je ne me pose pas la moindre question. Il faisait sombre, mais je peux affirmer qu'il s'agissait de hêtres. Vous savez, j'espère que ce détail va vous aider. Précisez-le à vos pilotes. Inutile de tourner au-dessus des sapins. Je sais, Olivier, je sais. J'ai été comme vous. J'ai eu affaire à des siphonnés. Je sais de quoi nous parlons. En tout cas, il faut déployer vos hommes au plus vite. Qu'ils emmènent les chiens. Les meilleurs. Je vais vous dénicher quelques vêtements à elle. Envoyez-moi quelqu'un. »

L'aube le trouva titubant légèrement sur ses jambes, les yeux rougis. Mal en point. Il se tenait contre la rambarde qui surplombait le jardin et la lueur qui perçait l'horizon commençait à nimber son visage, étrangement abîmé, d'un voile de blancheur cireuse. De temps en temps, le talkie-walkie qu'il avait exigé en tapant du poing sur la table crachotait un de ces messages que les policiers échangeaient et duquel il ressortait que les recherches n'avaient toujours pas abouti.

La brume avait gagné le fond du jardin. Hormis le ronflement sourd et lointain des pompes qui s'activaient dans l'obscurité, le silence régnait alentour. Toute la nuit, Victor avait observé le paysage ténébreux qui l'entourait, les silhouettes des maisons les plus proches, enfouies dans la verdure, les fenêtres qui s'étaient éteintes, celles qui s'étaient rallumées durant la nuit pour des raisons qui lui étaient bien évidemment inconnues mais à propos desquelles il s'était interrogé pour écarter un instant Irène du centre de ses préoccupations. Car penser à Irène le brûlait, le scarifiait. Une goutte de sang tombait même de son menton. Il n'osait pas bouger. Il se sentait changé en cristal. Il n'osait pas davantage regarder ses mains qu'il sentait brûlantes.

À présent, la lumière était blanche. On aurait dit un projecteur braqué sur lui. Il se cramponnait à la rambarde, le visage lacéré. Le sang rougissait son col de chemise. Au point qu'ouvrant un œil, et découvrant le spectacle, Bradge en dégringola de son siège, frissonnant de tout son corps.

Victor l'entendait crier, dans le lointain. Mais expliquer quoi ? *Expliquer quoi ?* N'avait-il pas des yeux *pour voir* ?

Il se rendit compte qu'il tremblait. Du sang perlait sur ses bras, sur ses jambes. Ses pieds nus étaient en piteux état. Ne pouvant quitter son ami des yeux, fasciné, Bradge se releva avec difficulté, estomaqué, parfaitement incrédule. Hésitant entre le dégoût et l'émerveillement.

D'un autre côté, quoi de plus normal ? C'était certainement effrayant, mais quoi de plus naturel, se disait Victor. Quoi de plus naturel après quarante années de mariage ? Qui pouvait encore douter de son total engagement à regagner les faveurs d'Irène ? Qui pouvait encore penser que son retour à la maison avait un goût de caprice ? Au fond, qu'est-ce que la majorité des gens y connaissait ?

Bradge lui fit une piqûre qui le détendit. Ce qu'il fallait surtout retenir de tout ça, ce qu'il fallait en déduire, était qu'elle était vivante.

« N'aie pas l'air de tomber des nues, Nicolas. J'imagine que *ceci* n'est pas très courant mais la question n'est pas là. Après tout, ce ne sont que de légères blessures. S'il te plaît, n'en faisons pas tout un plat. Inutile d'ébruiter l'incident. »

Bradge était fasciné.

« J'en avais entendu parler, murmura-t-il, mais je ne l'avais jamais encore vu de mes yeux. Incroyable ! Et tellement émouvant, aussi. Je le conçois fort bien.

— Je crois que ce sont les branches, tout ce qui se dresse devant elle. Souviens-toi : quand je l'ai vue, elle courait au milieu des bois.

— Écoute. Écoute-moi. J'aimerais te prendre en photo. Victor. S'il te plaît ! Fais-moi plaisir !

— Hein ? De quoi parles-tu ! Me prendre en photo ?

— Stupéfiant, d'un point de vue scientifique. Complètement sidérant. Je ne plaisante pas, mon vieux. Laisse-moi en garder une trace.

— Bon sang, va plutôt me chercher des pansements. Ne reste pas planté comme un imbécile, à me regarder. Me prendre en photo ? Quoi, tu me prends pour un animal ? Tu sais, je me dis qu'elle doit avoir ses raisons pour courir ainsi. Il n'y a pas cinquante-six raisons pour avoir à courir de cette manière, toi et moi le savons très bien. »

Bradge prit quelques photos – dans un état d'éblouissement total – contre la promesse de tenir sa langue et son soutien à la version de Victor qui proposait une chute dans l'escalier avec atterrissage dans les broussailles au petit matin, puis roulé-boulé dans les massifs.

« Tu sais, je ressens ça comme une espèce de viol, soupira Victor cependant que Bradge se penchait sur sa trousse au milieu des lueurs de l'aube qui incendiaient littéralement le balcon, à présent. Tu m'entends ? Comme si elle s'était glissée à l'intérieur de moi. Comme si ces blessures venaient de l'intérieur de moi. Comment t'expliquer ?

— Je vois très bien. Je comprends très bien. Où en es-tu avec le tétanos ? J'aimerais qu'on soit tranquille de ce côté-là. Et tes pieds. Regarde-moi un peu tes pieds. Dans quel état ils sont, dis donc !

— Il n'y a pas trente-six raisons pour avoir à courir de cette manière. Elle est fichtrement en danger, vieux ! Elle filait comme une dératée. Après les pieds, tu pourrais t'occuper de mes mains ? Est-ce qu'on ne dirait pas que je me suis amusé avec des ronces ? Non, blague à part ? Que j'ai marché sur les mains au milieu des cailloux ? Parce que si ce n'est pas ça, franchement ça y ressemble. »

Quelques corneilles s'égaillèrent au-dessus des bois et plongèrent vers le fleuve qui se roulait dans son immensité boueuse et lisse. En ville, les parties qui restaient inondées étaient traversées de lueurs

– le pont Lafayette se découpait dans un rougeoiment doré, de même que la demi-sphère de l'auditorium qui luisait comme une orange et la coupole de la gare comme de la banquise.

« Je sens qu'elle ne bouge plus. Je sens qu'elle est cachée, déclara Victor en agitant les pansements qui lui couvraient les mains. Ces connards ne la retrouveront jamais.

— Bien sûr qu'ils vont la retrouver. Ne dis pas de sottises.

— Ne me demande pas où elle est cachée. Je n'en sais rien. Je ne suis pas devenu une espèce de fakir, d'accord ? Elle est quelque part sous nos yeux, ici, dans une de ces forêts. On la poursuit dans une de ces forêts. Quelque part, là-bas, sous notre nez. Sous nos yeux. Nous narguant, Nicolas, nous narguant. Pourquoi se gêner, pourquoi s'inquiéter ? Ils ne trouveraient pas une vache dans un corridor, nos fameux policiers d'élite. Ce ne sont pas les mêmes qu'au cinéma, tu as remarqué ? C'est confondant. »

Deux larmes coulèrent sur ses joues blessées. Il n'y avait pas que cette humiliante sensation de viol. Il y avait aussi ce sentiment de joie profonde, insondable, ce sentiment fantastique. La puissance des liens susceptibles de se forger entre les individus dépassait l'entendement. C'était un plus de la condition humaine, un élément précieux, et les occasions de dire du bien de celle-ci s'avéraient si rares qu'il aurait été particulièrement injuste de ne pas les signaler – sous peine de sombrer dans la mélancolie. Il choisit de s'asseoir un instant – il avait passé la nuit debout. Bradge, rentré à l'intérieur pour préparer du café, bâillait atrocement. Message. Crachotements. Friture. Un policier fit état d'une brume épaisse en forêt, puis éternua. Over.

« Sous des feuilles. Je peux même te donner cette précision. Irène est cachée sous un tas de feuilles mortes. Ne me demande rien. Dans un enchevêtrement de bois mort. Dans lequel elle s'est glissée. Tout essoufflée. Toute tremblante. Ne me demande rien. Tout ce que je te dis est rigoureusement exact. Il faut que je grimpe dans un hélico, Nicolas ! Il faut que j'appelle Olivier pour qu'il m'envoie un hélico sur-le-champ !

— Pardon ? Avec ton cœur ? Tu n'y penses pas ! Tu te crois en état de faire de l'acrobatie ?

— Moi seul suis capable de la retrouver, tu ne comprends donc pas... Quoi ? Je n'ai pas assez de marques sur le corps ? C'est quoi, pour toi ? Du sumérien ?

— Je t'ai dit que je ne voulais plus être ton médecin ? Mmm ? Eh bien, je te le confirme. À la seconde où tu mettras le pied dans un hélicoptère, je ne serai plus ton médecin. Tu pourras claquer tranquillement pendant qu'ils voleront en rase-mottes. Tu ne seras plus sous ma reponsabilité. Je pourrai enfin souffler. »

Une fois de plus, Olivier De Watt ne fut pas facile à convaincre. Mettre un hélico à la disposition de Victor ne le tentait pas du tout car les traitements de faveur étaient aussitôt dénoncés par l'opposition, prompte à s'indigner, ainsi que par la moitié des journaux.

« Attendez, débrouillez-vous, lui rétorqua Victor. J'ai payé ma place, me semble-t-il. Non ? J'ai tiré dans le dos de mes fils, me semble-t-il ! C'est bien ce que l'on m'a demandé, n'est-ce pas ? Alors, pas dans une heure, Olivier, ne croyez pas ça, *je le veux maintenant, cet hélico*. Disons que cela fait partie de notre arrangement. Je suis sur mon balcon. J'attends. Je vous laisse dix minutes. J'attends. Dix minutes. Deux fois cinq. Over. »

Tandis que son père tournoyait dans les airs au-dessus des forêts environnantes, juste guidé par son instinct d'époux qui le conduisait vers le nord, Marc se glissait dans le jardin des Damanti avec une côtelette de porc dans chaque main, afin, le cas échéant, d'amadouer les deux danois dégénérés qui hantaient les lieux.

Il n'en avait pas dormi. La disparition de sa mère occupait bien entendu une large part de ses pensées. Mais aussitôt que l'image d'Irène s'estompait, celle des Damanti prenait la place et le mystère que constituait le comportement de ses voisins – et qui ne datait pas d'aujourd'hui – le taraudait à nouveau.

Qu'est-ce que ça signifiait ? Qu'y avait-il derrière tout ça ? Qu'avaient donc déterré les deux molosses ? Épuisée, Édith avait cessé de se torturer les méninges et avait basculé dans un sommeil profond tandis qu'il se mordillait l'ongle du pouce. Allait-il accepter qu'une affaire aussi louche se déroule à deux pas de chez lui ? Allait-il feindre de n'avoir rien vu ? Allait-il se contenter de descendre au salon boire une bière, écouter de la musique, remonter dans la chambre et se coucher à côté d'Édith, décidé à s'occuper de ses oignons ? Il avait sorti deux côtelettes et attendu que le jour se lève en observant les environs, le croissant de lune, les reflets, le scintillement des eaux par endroits, surtout en ville où une grande partie de l'éclairage public fonctionnait à nouveau normalement – la mairie avait annoncé cette grande victoire le lendemain du jour où des pierres avaient volé à travers de nombreuses fenêtres de l'édifice.

Le jour avait tardé à se lever. De temps en temps, un oiseau hululait, un danois lâchait un bref aboiement endormi qui se perdait au loin. Dans l'obscurité du salon, il repensait à la scène au cours de laquelle Gilbert Damanti avait arraché on ne savait trop quoi, mais un paquet inquiétant, couvert de taches sombres – le paquet horrible par excellence –, de la gueule des deux fauves, et comme il était remonté précipitamment vers la maison, son horrifique paquet sous le bras, et jetant des coups d'œil inquiets à droite et à gauche. Mais dans quel monde vivait-on ? se demandait-il. Dans quel monde de fous. Il aurait été intéressant de connaître le nombre de cinglés en liberté, le nombre de *vrais* cinglés. Ce devait être effrayant, d'après lui.

D'un autre côté, il n'était pas entièrement étonné. Les Damanti ne l'avaient jamais tout à fait convaincu. Sympas mais bizarres. Plus bizarres que sympas. Cette femme avec ses éternels talons hauts, ses évanouissements, et ce Gilbert, parfait sosie du type qui joue dans la famille Addams, personnage insaisissable. Un couple assez dérangé, plus on y réfléchissait.

Marc flippait par avance à l'idée de ce qu'il allait découvrir. Un casque sur la tête (Thee Silver

Mountain Reveries, mais il appréciait les Silver Mt. Zion en général), il regardait la villa des Damanti sortir de l'ombre, se découper prudemment sur le ciel pâle, ainsi que les arbres et le ruban noir de la haie qui séparait leurs jardins jusqu'à la rive. Il était très inquiet pour Irène. Ça n'empêchait pas les Damanti de se poser en insupportable énigme.

Le dimanche matin, les poubelles ne passaient pas. Manque de chance pour les Damanti, les poubelles ne passaient pas – non plus que l'armée qui s'y était mise avant que les rues ne se transforment en dépotoir. L'aube se levait doucement. Deux bassins de rétention avaient pu être libérés en amont – sauvagement déversés dans les campagnes avoisinantes avant que la sombre mauvaise humeur de la ville ne se transforme en insurrection et que les responsables ne soient lynchés –, si bien que l'heure était au pataugeage dans la boue, au barbotage décourageant, là où la veille on circulait encore en barque. L'heure était à la moisissure, à la gadoue, aux bottes, aux raclettes de caoutchouc, au savon, aux éponges, à l'abandon de mobilier sur le trottoir – ou bien rageusement balancé au milieu de la chaussée –, à la nourriture avariée, etc., mais les poubelles ne passaient pas plus souvent pour autant, le dimanche restait sacré et le quartier demeurait tranquille, désert, silencieux, résidentiel.

À six heures, il se glissa dehors avec ses côtelettes de porc. Il n'y avait pas âme qui vive alentour, tout semblait endormi, les eaux glissaient derrière les joncs avec une détestable lenteur, glougloutaient sous les saules dont les troncs avaient noirci.

Quelques oiseaux se séchaient sur les branches, d'autres s'envolaient, viraient dans la fraîcheur bleutée, juste naissante. Rien ne bougeait chez les Damanti, aucune lumière ne brillait dans leur salon et trois épaisseurs de rideaux masquaient les fenêtres à l'étage.

Il inspecta leur jardin, longea la haie d'un bout à l'autre sans voir d'ombres écumantes bondir en chœur dans sa direction. Il se méfiait depuis qu'il avait croisé la route de ce caniche – il se méfiait des animaux domestiques en général, la domesticité ne pouvant s'expliquer, selon lui, que par la somme d'un certain nombre de tares dont une petite partie suffisait déjà amplement à produire de véritables brutes imprévisibles, prêtes à vous envoyer consulter pour une greffe du visage ou pire encore. Mais il ne les entendait pas davantage. Il était prêt à balancer les côtelettes par-dessus les buissons, mais rien ne bougeait. Il récita tout de même une petite prière avant de se glisser de l'autre côté.

Les poubelles, de larges containers à roulettes, se trouvaient dans un cabanon bâti derrière les garages. Fermé à clé, bien entendu. Le jardinier y rangeait également ses outils, ses graines, ses sacs d'engrais et sa tondeuse Honda autoportée.

Il allait donc y avoir effraction. Malheureusement. Il en était conscient. Si les choses tournaient mal, ce détail allait ressurgir, il pouvait y compter – et Vincent Delborde sauterait au plafond en apprenant ça. Enfin là, sans le moindre doute, il se mettait tout à fait dans son tort. Si les choses tournaient mal, il allait pouvoir méditer sur la question. Il savait tout ça. Il connaissait les lois sur la propriété. Mais est-ce que ça l'arrêtait ?

Cette disposition faisait partie de son caractère. Cette espèce de rigidité, ce manque de souplesse, cette incapacité à reculer, ce besoin d'aller jusqu'au bout, sans se soucier du reste – car il n'y a pas moyen d'agir autrement, pense-t-il. Cette façon d'être lui avait joué des tours plus d'une fois. Brisant le petit carreau de verre armé enchâssé dans la porte, il rumina cette façon de s'attirer des ennuis. C'était très intelligent. Une éventuelle histoire avec la Justice paraissait pourtant à éviter ces temps-ci. Convaincu d'effraction. Mis au banc des accusés. Génial. Mais pensez-vous que ça l'arrêtait ? Cet absolu besoin d'avoir raison. Cet impératif besoin.

Sans doute un trait qu'il partageait avec son père, plus ou moins. Victor avait été un bon pilote, autrefois, un adversaire entêté, terriblement entêté. Personne n'aimait l'avoir dans son rétroviseur.

Il passa le bras par l'ouverture qu'il avait défoncée avec son coude et déverrouilla la porte. Et les poubelles étaient là, comme il fallait s'y attendre.

La lumière du jour passait par des ouvertures pratiquées dans le portail coulissant qui donnait sur la rue. Classique. Tout à fait le genre de lumière qu'il fallait. De sa poche arrière, il tira des gants à vaisselle en caoutchouc rouge et il les enfila avant de soulever le capot de la première qui était relativement pleine. D'un revers de manche, il s'essuya le front.

Il fallait être fou pour faire ça de bon matin. Sans parler de l'odeur. Des trucs devaient mariner là depuis des jours. Il s'agissait de sacs translucides à liens coulissants jetés les uns sur les autres. Et il allait falloir les ouvrir et les inspecter. Parce que s'il trouvait ce qu'il pensait trouver, il allait faire en sorte qu'on s'occupe de ces deux-là, si jamais une horrible chose trouvait confirmation, quoi que ce puisse être.

Il cherchait cette chose qui avait la taille d'un rosbif et semblait sortir de chez le boucher. Au milieu des bouteilles de lait, des pots de yaourt, des légumes plus ou moins cuits, etc. De bon matin. Un dimanche matin. Alors que sa mère avait disparu.

Il s'en dégageait un parfum écœurant – le pire était la banane bien mûre, venait ensuite le lait caillé, puis le melon. Il fallait dénouer les sacs, ou bien les crever en tirant dessus – et prendre garde de ne pas tout envoyer valser par terre.

Quelle besogne infecte ! – mais qui aurait pu l'en arracher ? En tout cas, les Damanti faisaient une consommation démentielle de mouchoirs de papier, de rouleaux de sopalin, disons des montagnes et des kilomètres. Ahurissant. Même sans avoir la fibre écologique.

Rien. Il se pencha sur la seconde poubelle. Il ne voulait pas penser qu'il allait sans doute tomber sur un, eh bien, sur un fœtus ayant servi à un rite démoniaque ou à une plaisanterie de ce genre. Sans pouvoir l'expliquer, cette image lui était venue instantanément à l'esprit, cette idée que les Damanti se livraient à d'infâmes pratiques. Ça ne l'aurait pas étonné le moins du monde. Il les avait un peu espionnés, surtout elle. Il avait passé quelques moments plus longs que prévu dans la salle de bains, toutes lumières éteintes, avec vue sur la chambre des voisins au travers d'un feuillage qui se balançait dans l'air du soir. À chaque fois, Marga était apparue en dessous noirs, et cette histoire qui courait comme quoi Gilbert se shootait au Viagra collait parfaitement bien avec le reste. Il connaissait ce genre de personnes. Il avait passé des nuits entières en leur compagnie, dans leurs appartements, il s'était réveillé dans leurs chambres ou au bord de leurs piscines, ou dans leurs bras, légèrement hébété par le sexe, légèrement cuit, et il en avait croisé de bien bizarres, de bien tordus. Qui n'auraient pas hésité à profaner une sépulture. De vrais forcenés, pour dire la vérité. De bons baiseurs, mais de sacrés malades. Tout à fait capables des plus sombres sacrilèges.

Parfois, elle s'arc-boutait à la fenêtre pendant que Gilbert la tringlait et Marc devait se reculer, bien que persuadé qu'elle ne pouvait pas le voir, mais elle gardait les yeux braqués dans sa direction, si fixement qu'elle aurait traversé un mur, cependant qu'un sourire grinçant s'épanouissait sur son visage. Bandante et siphonnée. Depuis le début. Et on en était arrivé là – sans avoir eu le temps de dire ouf. À cette épouvantable situation.

Assez logiquement, la chose en question se trouvait au fond du container. Il frissonna puis se pencha pour la saisir. À la suite de quoi, on lui braqua une arme dans la nuque.

## 3.

Pendant ce temps, David essayait de joindre son père ou son frère, sans résultat. Pourtant, il avait été décidé que chacun garderait son téléphone à portée de main, mais ni l'un ni l'autre ne daignait répondre. Perplexe, il se tourna vers Josianne et haussa les épaules.

Elle était visiblement tendue et nerveuse à cause de la piscine – et malgré la bouée et les flotteurs dont ils avaient équipé Géraldine. Elle invita néanmoins son mari – elle ne s'y était pas encore faite – à surmonter la contrariété passagère que provoquaient ses vaines tentatives pour joindre l'un ou l'autre depuis une bonne demi-heure.

Quant à Géraldine, elle était aux anges. Elle adorait cette piscine juchée au-dessus des toits, sur la terrasse de cet immeuble qui semblait toucher le ciel, et l'eau bleu turquoise, et ces garçons qui vous proposaient des cocktails de fruits genre fraise-framboise-litchi décorés de petits parasols, d'une feuille de menthe, servis dans des verres immenses avec une paille rose et vert. Elle aimait tout ça, elle aimait l'appartement, elle aimait sa chambre, elle aimait les draps neufs qui enveloppaient son lit, la douceur des serviettes de la salle de bains et le parfum des savonnettes, mais ce qu'elle aimait par-dessus tout, ce qui la comblait, c'était de les voir ensemble, avec l'alliance qui brillait à leur doigt. Ça, c'était quelque chose. Quelque chose qui semblait les dépasser tous. En tout cas, elle approuvait le choix de sa mère. Et si son frère avait été là, elle lui aurait expliqué que tout allait bien.

Bref, elle était radieuse. Ce qui, bien sûr, n'échappait pas à Josianne et confortait celle-ci dans l'idée d'avoir agi pour le mieux, même si l'honnêteté devait en souffrir, même si son mariage était basé sur un mensonge.

Personne n'allait en mourir. Au contraire. Chacun allait y trouver son compte. Sans quitter Géraldine de l'œil – et à propos de Géraldine et des piscines, elle, Josianne, sa mère, avait décidé d'affronter l'épreuve une fois pour toutes, sans reculer, en serrant les dents, sans reculer davantage, et elle tenait bon, elle était prête à bondir de son transat, mais elle tenait bon – et donc observant sa fille qui flottait dans le petit bain comme une fleur de lotus finement saupoudrée d'or, avec cet air rayonnant, elle se rappela d'où elle venait, les épreuves qu'elle avait traversées, la vie qu'elle avait connue autrefois – elle tremblait de colère rien que d'y penser – et qui lui faisait horreur.

Elle et sa fille méritaient cette nouvelle vie. Elle n'en démordait pas. Elle était fatiguée car l'hôpital fonctionnait toujours à un rythme effréné depuis le début de l'inondation, elle ne dormait pas beaucoup et le mariage l'avait achevée, de même que la nuit de noces, mais elle s'accrochait à cette idée, elle se la répétait de toutes ses forces. Du sommet de l'immeuble, on disposait d'une vue dégagée, panoramique, et les club-sandwichs étaient à tomber. Oh, combien reposante, combien rassurante, combien idéale se révélait cette formidable vue sur l'horizon, sur les montagnes lointaines, vibrantes ! Ce connard de Robert. La vie d'enfer qu'il lui avait menée. Comme si elle avait été enfermée dans une boîte.

Des alliances en or blanc. Cela semblait si délicat par comparaison, si proche de vers quoi elle voulait tendre. Y avait-il du mal à ça ? Tout individu ne doit-il pas chercher à améliorer son sort, à élever sa condition ? Avait-elle entendu parler d'autre chose ?

En attendant, son ventre ne s'arrondissait pas. Par chance, il était légèrement rebondi, complètement sexy, mais ça ne laissait pas beaucoup d'avance.

De quel répit disposait-elle encore ? Elle se commanda un Manhattan. N'était-ce pas une sorte de *voyage de noces* ? N'avait-elle pas droit à ce genre d'écart ? Un Manhattan de bon matin, servi au bord d'une piscine privée – qu'aurait pu fréquenter le directeur de l'hôpital en personne et sa femme qui tenait une galerie en ville. Non ? Puisqu'ils ne partaient pas en voyage, puisqu'elle avait utilisé les quelques jours qu'elle avait réussi à prendre – malgré la monstrueuse pagaille qui régnait encore à l'hôpital – à emménager, à disposer quelques pots de fleurs – bien qu'il restât encore quelques cartons, quelques machins emballés qui venaient de chez elle

– à ranger ses affaires dans sa superbe salle de bains, et sans parler du reste. Elle appréciait donc singulièrement ce sympathique Manhattan. En guise de paiement, elle s'était contentée de signer. Tout à fait pratique.

Elle en avala une petite gorgée puis souleva ses lunettes de soleil pour dire à David qu'il n'y avait sans doute pas lieu de s'inquiéter, que l'un ou l'autre ne manquerait pas d'appeler en cas d'urgence.

Tant qu'elle apercevrait cet éclat de pur désir dans l'œil de David, elle serait en sécurité. Au moins avait-elle appris ça. Elle rabaissa ses lunettes pour tenir sa satisfaction secrète – elle les avait choisies noires et larges afin de cacher les cernes que les événements, le sexe, le travail et cette espèce de rêve qui continuait avaient provoqués – mais un infime sourire flotta néanmoins sur ses lèvres. Elle préféra penser à la jeune fille au pair qu'elle allait engager plutôt qu'à son mensonge. Qui chaque jour s'imposait un peu plus, qui lui revenait à l'esprit un certain nombre de fois au cours de la journée, mettons deux douzaines de fois. Qui revenait sans cesse, en boucle.

Non pas qu'elle craignît l'épreuve qui l'attendait si David découvrait le pot aux roses. Elle nierait, de toute façon. Irène aussi nierait. Personne ne pourrait jamais rien prouver. Rien ne serait jamais acquis avec certitude. Never. Mais ça n'empêchait pas tout.

Il n'y avait pas si longtemps, David filait promptement de chez elle au petit matin, comme un fichu voleur, et ne se montrait pas pressé de la présenter à sa famille. Le vertige venait-il de là ? Du chemin parcouru ? Considérait-On qu'On S'était montré trop prodigue à son égard ? Qu'il n'existait pas, qu'il ne pouvait exister de parcours sans fautes pour une fille comme elle ?

En tout cas, elle espérait changer rapidement de voiture. Oui, c'était la vérité. Elle se voulait au-dessus de ça mais ses efforts n'avaient pas porté leurs fruits et cette histoire de voiture l'obsédait autant que son mensonge. Elle avait parfaitement conscience de la puérilité de son désir, genre une décapotable, ou un coupé, mais elle ne pouvait pas lutter. Les trente-cinq premières années de cette vie ne s'étaient pas montrées très agréables. Elles étaient à l'image de sa vieille et horrible Skoda fabriquée à la fin du tertiaire et conduite autrefois par son horrible premier mari avant qu'il ne dégringole de son pylône.

Elle observa David qui donnait une leçon de brasse à Géraldine, sans quitter son fauteuil. Pourquoi ne tirait-on jamais le bon au premier coup, se demandait-elle. Toutes les filles de l'hôpital. À peu près toutes les filles de l'hôpital se posaient la même question. Elles se connaissaient pour la plupart et chacune ou presque y était allée de ses déconvenues, oh rares étaient celles qui avaient tiré le bon numéro du premier coup – et même rares étaient celles qui l'avaient jamais tiré et continuaient à se traîner comme autant d'âmes en peine au milieu des jeunes, beaux et aisés docteurs d'un côté et des mourants et des malades et des débris de l'autre.

Pourquoi devait-on faire l'apprentissage de la souffrance ? Autour d'elle, les garçons de bains se déplaçaient en silence, parlaient à voie basse et s'occupaient des serviettes-éponges, et des peignoirs, et s'occupaient de l'orientation des parasols avec un air de béatitude continuel.

Qui voulait d'une vieille Skoda merdique ?

Elle se prépara pour ses cinquante longueurs de piscine. Elle rangea ses cheveux dans un bonnet de caoutchouc. Tous les hommes présents avaient les yeux fixés sur elle – sauf que ces hommes-là ne sifflaient pas et ne lançaient pas de tristes blagues même s'ils n'en pensaient pas moins –, si bien que, durant un certain laps de temps, les autres femmes parlèrent absolument dans le vide. C'était un fait. Elle ne craignait personne, en maillot de bain. C'était au bord de la mer ou au bord d'une piscine, ou au bord d'une rivière qu'elle donnait le maximum, qu'elle faisait feu de tout bois, comme c'était le cas pour Jennifer Lopez et la totalité de ces filles aux formes généreuses, aux rebondis et fermes et insolents postérieurs.

Elle pensa à toute la vie qu'elle avait encore devant elle et se sentit heureuse. Il y avait encore tant de choses dont elle voulait profiter. Elle repoussa une dernière mèche dans son bonnet et eut une pensée pour Irène tout en promenant son regard sur les toits en contrebas, sur les environs, sur les terres inondées, miroitantes, sur l'horizon brumeux.

Cette disparition. Cette invraisemblable disparition. Elle s'en alla caresser la joue de David dont la mine était grisâtre, dont la mâchoire s'était décrochée depuis l'aube tandis qu'il avait passé les heures précédentes à se ronger les ongles, à courir après d'insaisissables nouvelles, à déballer des choses qu'il ne savait jamais où ranger – et même identifiait avec difficulté tant il était abasourdi. « Le jour de mon mariage ! répétait-il. Le jour de mon mariage ! Comment cela peut-il arriver ? Comment dois-je le prendre ? Le jour de mon mariage ! Le jour de mon mariage ! »

Elle n'avait pas insisté pour qu'il vienne s'allonger auprès d'elle.

Elle plongea.

David l'observa. Avec la nervosité, le manque de sommeil, il avait l'impression de n'avoir pas encore touché terre et la vision de cette femme s'élançant dans un superbe crawl, luisante comme une truite, ne l'aidait pas à redescendre. Et Irène qui ne refaisait pas surface, qui rendait tout le monde à moitié mort d'inquiétude. Pourquoi Victor ne répondait-il pas ? Pourquoi Marc ne répondait-il pas ? Merde, qu'est-ce que ça signifiait ? Qu'est-ce qu'ils foutaient ? Il se sentait écarté. Il se sentait manipulé. Rien n'avait changé. Ils le tenaient à l'écart. Ces deux enfoirés. Ils ne se gênaient pas, ces deux enfoirés, se disait-il. Il regrettait de ne pas avoir un banc à mettre en pièces pour se calmer les nerfs – mais une simple table de bois blanc, ou encore deux ou trois chaises auraient fait l'affaire. Ou pire encore : ils l'ignoraient. Ils ne jugeaient pas utile de le mettre au courant. Les deux enfoirés, grimaça-t-il en soupirant.

Il s'agenouilla au bord de la piscine et informa Josianne de son départ, invoquant qu'il ne pouvait pas rester là sans rien faire, à attendre, à se dorer au soleil en de telles circonstances.

« Hé attends une minute, fit-elle en s'accoudant au rebord, hé attends une seconde. Est-ce que tu me reproches quelque chose, là ?

— Bien sûr que non, qu'est-ce que tu vas chercher ?

— Veux-tu que nous redescendions, que je coupe les téléphones, que je ferme les volets ? Ça serait plus indiqué, tu crois ? Ça serait moins choquant, pour toi ? Vu les circonstances ? »

Au rayon des soupe au lait, Josianne occupait une place de choix. David espérait que ça n'allait pas empirer avec le temps.

« Je n'ai jamais dit ça.

— Mais tu l'as pensé. Tu m'as plus ou moins accusée d'indifférence, tu m'as plus ou moins accusée d'être vivante. Or je n'y suis pour rien, moi, je n'y suis pour rien, David. Ne retourne pas ça sur moi. S'il te plaît. Écoute, nous avons le temps pour notre première dispute. Nous sommes fatigués. Ne laissons pas cette histoire nous démolir, d'accord ? »

Il acquiesça – afin de pouvoir filer au plus vite, afin d'éviter une de ces épuisantes et stériles discussions. Comment pouvait-on vivre avec une autre personne si l'on ne disposait pas au moins de deux cents mètres carrés ? Comment faisaient les Japonais ? Comment faisaient certains pour vivre dans des chambres de bonnes ? En retour, elle caressa son bras qui n'était plus que légèrement violet et jaune et avait retrouvé sa taille habituelle.

C'était une belle journée. Un dimanche, par-dessus le marché. Certes, à traîner au bord d'une piscine à débordement si le monde se tenait tranquille alentour. Il ne lui en voulait pas. Il ne s'agissait pas de sa mère *à elle*. Il ne lui en voulait pas mais, quant à lui, il ne pouvait pas rester. Il ne pouvait pas rester là, à ne rien faire, pendant qu'il arrivait quelque chose à Irène.

« Je le comprends très bien, murmura-t-elle en faisant jaillir ses cheveux de son bonnet. Mon chéri. Je le comprends très bien. Fais ce que tu as à faire. Ne t'occupe pas de nous. Je crois que je vais commander une pizza et une salade. Voilà ce que je vais faire. »

Il se pencha pour l'embrasser. Leur relation durait depuis un bon moment mais il semblait que le mariage eût remis les compteurs à zéro et les rendait avides l'un de l'autre, de vrais jeunes mariés, frais émoulus. Pour preuve ce baiser profond qu'ils échangeaient sous l'œil glacé de quelques membres de la copropriété qui traînaient par là avec leurs lunettes et leurs chapeaux ou bavassaient sous leurs parasols. Un vrai baiser, quoi. À la suite duquel il sauta sur ses pieds, flanqué d'une semi-érection – qui ne pouvait franchement étonner quiconque ayant assisté au spectacle –, et lui donna rendez-vous à plus tard. Au fond, il avait le sentiment de ne rien regretter. Il songeait à ça en s'éloignant. Au fait que le mariage ne l'avait pas tué.

Il était encore tôt, le soleil n'avait pas encore anéanti la fraîcheur du matin ni exterminé son parfum. Ils étaient montés aux aurores, incapables de réellement trouver le sommeil, avec toutes ces émotions, si bien qu'il traversa un monde endormi, les gens dans leurs maisons, les oiseaux sur les fils, les écureuils dans les arbres, au volant de sa Porsche.

Il croisa des camions de l'armée, des convois chargés de saletés empilées dont on dégageait la ville. Le niveau de l'eau baissait. La police commençait à contrôler la situation dans les quartiers inondés, les pillages avaient pratiquement pris fin et l'on avait réussi à maintenir l'approvisionnement des pompes à essence. Le maire annonçait partout, à s'en attraper une extinction de voix, que le plus dur était passé. Qu'on apercevait le bout du tunnel.

C'était vite dit, avait songé David dans l'ascenseur qui le menait au parking. C'était vite dit. Il y avait encore vingt centimètres d'eau dans le garage et il ne fallait pas espérer un complet assèchement des locaux avant plusieurs jours – si tout se passait bien, si l'on continuait à noyer les campagnes en amont.

Le hall de l'immeuble avait été protégé par un astucieux système de remparts, fonctionnant à la fois comme structure de dérivation, le tout mis en œuvre par des employés de la copropriété qui n'avaient pas eu peur de mouiller leur chemise – même s'ils étaient payés pour ça – et avaient endigué les flots, avec une belle ingéniosité.

Et puis le sol était en marbre. Blanc, veiné de noir. Au plus fort de l'inondation, on n'avait guère compté plus de deux ou trois centimètres. Il aurait fallu l'équivalent de l'ère secondaire pour que ça use le marbre. Rien de très sérieux, donc. En passant, il avait ramassé son courrier.

Qui était éparpillé sur le siège du passager. Cent

pour cent inintéressant. À un arrêt, il en attrapa brusquement une poignée qu'il balança par la fenêtre, côté passager.

Une mère de famille, genre, le klaxonna. Mince, d'où sortait-elle ? Il donna un coup d'accélérateur, la laissant pratiquement sur place.

À un feu, elle se gara à côté de lui. Et elle ne mâcha pas ses mots. C'était une de ces femmes revêches, mais pas si laide, au demeurant – juste un peu timbrée et passablement hystérique. Tout ça pour une poignée de prospectus. Il se contenta de la regarder.

Elle le rattrapa une seconde fois. Hors d'elle. Au feu suivant. Debout sur sa pédale de frein. Folle de rage. Jurant qu'elle l'avait vu.

« Certainement pas, déclara-t-il. Vous vous trompez. Je ne vous ai jamais fait ça, vous faites erreur. Désolé.

— Est-ce que vous me prenez pour une aveugle ? Est-ce que vous me prenez pour une imbécile ? »

David pensa que si elle continuait ainsi, son volant allait lui rester dans les mains.

« Faut vous calmer, fit-il avant de démarrer. Vous feriez mieux de voir quelqu'un. »

Un véritable bouledogue, cette femme. Elle se gara une fois encore contre la Porsche. Elle était verte, glapissant qu'elle l'avait *parfaitement* vu, cette fois, le majeur dressé, ce qu'il nia sans se démonter, ce qu'il continua de mettre sur le compte du délire paranoïaque dont elle était certainement atteinte.

Elle déclara qu'elle avait relevé son numéro d'immatriculation. Que son mari était policier.

« Et votre fils ? Vous avez un fils ? Il est policier, lui aussi ? Est-ce que la famille entière va se pointer pour me jeter en prison ? Dites donc, vous allez me harceler encore longtemps ? Vous êtes sous euphorisants ou quoi ? »

Il ferma les yeux. Il remonta son carreau. Garder son sang-froid, ici-bas, n'était pas chose facile. Allait-elle le rattraper ainsi, de feu en feu, pour l'agonir de ses cris offusqués, même s'il n'écoutait pas ce qu'elle disait ?

Il rouvrit son carreau et se pencha pour aboyer au visage de cette teigne ambulante :

« Hé ! *Hé !* Nous sommes dimanche matin, est-ce que vous le savez ? Il fait beau. Et nous vivons en communauté ! Ça vous a échappé ? *On est dimanche matin et il fait beau, alors lâchez-moi, compris, venez pas me gâcher la journée avec vos conneries, lâchez-moi, d'accord ?* »

Elle se pencha à son tour et, poussant un rugissement épouvantable, tendit le bras et l'aspergea copieusement de gaz lacrymogène. Et en pleine figure, dites donc !

Étouffant, toussant, pratiquement aveugle, en larmes, accompagné d'aigres coups d'avertisseur, il parvint cependant à se ranger sur le bas-côté tandis que son assaillante filait pleins gaz dans le soleil levant.

Ces petites bombes étaient diablement efficaces. Il avait l'impression qu'elle lui avait jeté du piment rouge dans les yeux. Il se mit à marcher de long en large en gémissant sur le bord de la route. Il savait qu'il ne devait pas se frotter les yeux. Il connaissait le produit. Il en offrait à ses clientes, le plaçait lui-même à l'intérieur de leur boîte à gants pour contribuer, déclarait-il d'un ton affable, dans la mesure de ses faibles moyens, à leur sécurité.

Aussi, quelques minutes plus tard, quand il se trouva de nouveau en état de conduire et de reprendre sa route en direction de la maison de son frère, pleurait-il abondamment et le tour de ses yeux devenait-il rouge vermillon, genre myxomatose, et reniflait-il à grand bruit.

Il pénétra sur le parking de la supérette avant d'arriver chez Marc, mais on lui fit signe qu'il était trop tôt et qu'il devait patienter encore quelques minutes. Les deux filles qui installaient leurs caisses le considérèrent avec réserve.

« Donnez-moi une bouteille d'eau d'Évian, soyez sympa », leur fit-il.

Visiblement, ce n'était pas possible. Elles ne pouvaient pas. Elles laissaient entendre que leur job en dépendait. Il se laissa choir devant l'entrée, au soleil, sur un banc de bois tiède, les joues et le menton ruisselants de larmes. Et elles étaient moches, par-dessus le marché. Les caissières. Très moches.

Marc ne répondait toujours pas. Incroyable. Il rempocha son téléphone en secouant la tête. Il ne voulait pas arriver à l'improviste. Mais avait-il le choix ? Il ne voulait pas avoir l'air d'en prendre trop à son aise, mais pouvait-il faire autrement ?

En tout cas, le rez-de-chaussée était désert. Il avait fait le tour par le jardin et avait collé son nez contre les baies, mais il n'y avait personne. Il n'y avait rien d'allumé, tout baignait encore dans les brumes du matin, sous un jeune soleil vif et sec qui miroitait dans le fond du jardin, au-delà des berges, se brisait en milliers d'éclats aveuglants.

Il mit un pied à l'intérieur. « Hello ? Hello ?... » Il n'aurait plus manqué qu'il tombe sur elle. Se frottant les yeux, à moitié endormie. Terriblement troublante, malgré tout. Inutile de se le cacher. L'interrogeant sur sa présence. Sur une irruption si matinale le jour du Seigneur. Et ses yeux, qu'est-ce qu'il avait aux yeux, qu'est-ce que c'était que cette histoire ? Il voyait très bien la scène. La gêne qu'il ressentirait. Pas seulement à cause de la stupidité de son aventure.

En un rien de temps, il retourna dehors. Le terrain s'avérait plus neutre. Il ne se trouvait pas là pour vivre un genre de psychodrame avec Édith. Mais pour avoir des nouvelles de sa mère et qu'on lui dise pourquoi ils avaient coupé leur putain de téléphone. Il voulait des explications.

Alentour régnait un superbe silence. Il n'y avait pas âme qui vive. Un vol de pigeons attira son attention vers la maison des voisins.

Les horreurs se téléscopaient. Il n'y avait pas d'autres mots. La disparition d'Irène ne suffisait pas. Il y avait ce fœtus entré en scène. Il y avait de quoi ricaner.

« Je ne crois pas que le moment soit bien choisi pour nous mêler de cette histoire, déclara-t-il à Marc. Franchement, je crois pas. » Du menton, il désigna Gilbert Damanti, effondré sur une chaise, la tête dans les mains. « Regarde-le, reprit-il à voix basse, regarde-le. Qui aurait envie de lui chercher des poux dans la tête ?

— Moi, bien sûr ! On voit bien que tu n'étais pas à ma place ! Il était sur le point de me refroidir, tu m'as écouté ou quoi ?

— Je n'ai jamais été sur le point *de vous refroidir*, pouffa tristement Gilbert Damanti. Ne soyez pas idiot.

— Je croyais que j'étais un peu trop curieux. Que j'étais entré par effraction sur une propriété privée. Je n'ai pas eu l'impression que c'était du cinéma.

— Écoutez, j'étais terrifié de vous trouver là. Je ne savais plus ce que je disais. J'ai simplement cherché à vous faire peur. »

Les deux frères l'avaient un peu bousculé, un peu roulé sur le sol du local avant de l'immobiliser, quelques gnons avaient été échangés de bon matin, si bien que Gilbert semblait plus vieux, plus anéanti qu'il ne l'était en réalité. Il leur offrit cependant un café. Le dos voûté, il se dirigea vers sa machine à espressos.

C'était la troisième fois que Marga faisait une fausse couche au cours des cinq années passées. Un calvaire. Pour elle comme pour lui. Ils n'en avaient jamais parlé à personne. Mais il n'avait pas l'intention de se justifier. C'était leur choix. Ils n'avaient pas de comptes à rendre.

« On demande à personne de partager nos ennuis, marmonna-t-il en poinçonnant une capsule d'arabica Special Club. On ne demande pas votre absolution.

Restons bons voisins, c'est ce qu'il y a de mieux à faire. Je vous assure. »

Marc prit l'air de celui qui a l'intention de se faire prier. Il n'oubliait pas que Gilbert lui avait collé le canon d'une arme dans la nuque, *vrillé* ce canon dans la nuque tout en proférant des menaces.

« Oui. D'accord. Je l'admets. Je sais. Je le regrette. Encore une fois *je m'excuse*. J'ai déraillé. Je reconnais que j'ai déraillé. Écoutez, Marc, j'aimerais que nous restions bons voisins. Tenez. Voilà votre café. Quoi qu'il en soit, j'aimerais qu'on oublie ce navrant épisode. En fait, il ne s'est rien passé.

— Dites pas qu'il ne s'est rien passé, Gilbert. Vous ne pouvez pas dire ça. Désolé, mais je l'ai encore un peu de travers. Pour ne pas vous mentir. »

David s'interposa. Ses yeux étaient gonflés, comme bordés de chorizo, mais il ne pleurait pratiquement plus. « Il ne faut jamais perdre une occasion de se montrer magnanime, déclara-t-il à son frère. Dans le genre de monde où l'on vit. Il faut mettre le maximum de bonnes choses à son actif. Je veux dire, si on cherche un certain équilibre.

— À ta place, j'irais me rincer les yeux. Bien sûr qu'on cherche un équilibre. Comment faire autrement ? Avons-nous le choix ?

— Ça ne me brûle plus. Ça va.

— Je dois avoir un collyre, fit Gilbert. Je suis allergique au pollen.

— Si tu m'avais répondu, quand j'ai appelé, alors que j'étais sur le bord de la route, la figure en feu, les yeux transformés en charbons ardents, *là* tu aurais pu faire quelque chose. Si tu avais pris ton téléphone pour me répondre, comme c'était convenu, comme nous en avions décidé, tu aurais pu me rejoindre pour m'apporter de l'eau pendant que je me roulais par terre de douleur. Ça ne sert plus à rien de les rincer, maintenant. C'est trop tard. Alors qu'on devait rester en contact permanent tous les trois. C'est bien ce qu'on avait dit, non ? C'est bien ce qui était prévu ?

— On n'a aucune nouvelle. Sauf que Victor a sauté dans un hélico. Je ne t'ai pas prévenu parce que j'avais les mains en l'air. À cause de monsieur.

— Durant des heures ? Tu as gardé les mains en l'air depuis hier ? Que j'essaye de vous joindre, l'un ou l'autre ? Tu peux arrêter ces conneries ?

— Il n'y avait rien de nouveau. Je n'allais quand même pas t'appeler pour te dire qu'il n'y avait rien de nouveau. Réfléchis un peu. »

David haussa les épaules. Il savait à quoi s'en tenir, de toute façon. « N'empêche que moi, j'ai été là au bon moment, déclara-t-il. C'est tout ce que je vois. Pas besoin de rhétorique. Sinon tu serais encore à genoux par terre, les mains croisées sur la tête. Gilbert, vrai ou faux ?

— Écoutez, Marga et moi souhaitons le retour d'Irène de tout notre cœur. Je tenais à vous le dire. Indépendamment du problème qui nous occupe. Nous sommes consternés.

— D'accord. Mais qui vous a désarmé ? Qui vous est tombé dessus par surprise ? N'importe qui reconnaîtrait que mon intervention a renversé la donne.

— Exact, approuva Gilbert. J'en témoigne.

— Attendez. Sans vouloir vous vexer, Gilbert...

Vous croyez que je n'étais pas capable de m'en sortir tout seul ? Vous pensiez contrôler la situation ? »

Un hélico passa au ras des toits avec un vrombissement d'enfer. Une moitié des types qui s'étaient évadés de prison avait été rattrapée, mais l'autre courait encore et certains quartiers de la ville demeuraient ingérables. Certains bâtiments publics étaient gardés par des hommes en uniforme. La note des heures supplémentaires risquait d'être salée.

Le fœtus est-il une personne ? La question se posait inévitablement. Gilbert considérait que la naissance, la *mise au monde,* produisait l'étincelle de l'âme et qu'en conséquence il se révélait absurdement vain et totalement douloureux d'accorder une quelconque importance à ce qui n'était pas *né.* Ou bien fallait-il admettre que les spermatozoïdes avaient une âme ?

Marc refusa de trancher. David, quant à lui, refusa de se pencher sur le problème – qu'il jugeait franchement écœurant.

Gilbert appuya son front à la baie.« De quel droit la forcerais-je à se faire suivre ? De quel droit ? Depuis quand la nature aurait-elle besoin d'aide ? » soupira-t-il.

Venant de la part d'un type qui marchait au Viagra, la remarque ne manquait pas de sel, songea Marc en vidant son espresso d'un trait. Devait-on prendre Gilbert en pitié, se demandait-il. Devait-on passer l'éponge ?

« En tout cas, fit-il, ce qui est dur... ce que personnellement... ce qui me gêne personnellement... eh bien, je vais vous le dire...

— Okay, ne vous donnez pas cette peine. J'en suis conscient. Je sais ce que vous vous dites.

— Écoutez, c'est difficile de faire autrement. Déjà, une fois, je trouve ça terrible... Mais écoutez, c'est la répétition. Le fait qu'il y en ait eu deux autres avant celui-là... où ils ont atterri... Gilbert ! Bon Dieu ! Ça fait beaucoup, non ?

— Je le sais. Je le sais bien. Mais vous croyez que ça nous amuse ? Qui souffre le plus, d'après vous ? Allez-y. Votre réponse m'intéresse.

— Vous faites partie d'une secte ? lui demanda David à brûle-pourpoint.

— Quoi ? se rembrunit Gilbert. Ça veut dire quoi ?

— Est-ce que ce n'est pas plus simple de faire deux ou trois visites ? Ce n'est pas ainsi que ça se pratique chez les gens civilisés ? Pourquoi prendre de tels risques ?

— Vous voulez dire une secte ? Comme dans *Rosemary's Baby* ? Ou un truc à la Tom Cruise ?

— Ce n'est pas le moment de faire de l'humour, lui lança Marc. David vous a posé une question tout à fait pertinente. Parce que n'oubliez pas que nous sommes voisins. Je ne l'oublie pas, quant à moi. Or j'aime bien savoir qui m'entoure. Qui sont les gens qui vivent autour de moi. Normal. Précaution élémentaire. Parce que, enfin, vous êtes là, je suis là, nous échangeons trois mots et commençons à sympathiser, à boire des verres ensemble, à nous inviter les uns les autres, et qui me dit que vous n'appartenez pas à un truc, à une société secrète, disons branchée morbide ou je ne sais quoi ? Vous savez, plus rien ne m'étonne. »

Gilbert répondit par une grimace indiquant qu'il ne mangeait pas de ce pain-là.

« Et le jour où Marga vous claquera dans les doigts, vous ferez quoi ?

— Ne vous y fiez pas. C'est une femme très résistante.

— À une hémorragie ? À une septicémie ? »

Quoi qu'il en soit, elle avait perdu pas mal de sang et ne se sentait pas encore tout à fait remise. Lorsqu'elle apparut en haut des marches, précédée des deux danois qui dévalèrent l'escalier comme une bande de veaux ivres, les deux frères furent frappés par sa pâleur et l'impression de faiblesse qu'elle dégageait.

Gilbert se redressa. Déclara que les Sollens étaient venus emprunter la tondeuse.

« Oui, je comprends, opina-t-elle. Rester inactif doit être pire. Gilbert a dû vous dire à quel point nous étions atterrés. Aucune nouvelle ? »

Les deux frères secouèrent la tête tandis qu'elle descendait prudemment les dernières marches puis s'avançait pour les embrasser – vêtue d'un peignoir vaporeux et chaussée d'une ravissante paire de mules.

Au même instant, Victor survolait les forêts qui s'étendaient au nord, cramponné au-dessus du vide, deux flics cramponnés à lui de peur que ce vieux fou ne fasse le grand plongeon à trop vouloir se pencher – « Voilà un type qui tient à sa femme ! » avait glissé l'un à l'oreille de l'autre cependant que la cime étincelante des arbres défilait sous l'hélico que lui avait dépêché Olivier De Watt pour finir.

Gilbert ouvrit son bras, invitant Marga à s'y abriter. Elle s'y abrita. Ils formaient un couple assez pathétique si l'on y regardait bien, et même sérieusement sonné – leurs deux danois hennissaient sauvagement au-dehors, s'entrechoquaient, ruaient avec délices, martelaient le sol de leur queue qui avait la taille, la dureté et la rugosité d'un cordage tressé de lanières de bois, et chaque coup aurait pu assommer un bœuf.

Il était encore tôt mais ils décidèrent de boire un verre, vu les circonstances. Depuis un moment, depuis des jours, les choses *pesaient*. Tout n'était pas noir, mais ce qui était noir était noir. Aussi bien au fond des cœurs qu'en ville. Beaucoup de bars étaient fermés, mais ceux qui ouvraient le restaient jusqu'à l'aube. Et tout n'était pas bleu chez les Sollens, mais tout n'était pas noir non plus, ni pour eux ni pour leurs proches.

Roberto déboula au moment où ils trinquaient et tâchaient de conjurer le sort en se promettant des matins qui chanteraient davantage. Il semblait passablement excité mais affirma le contraire en acceptant un gin-tonic à son tour.

Lui aussi désirait des nouvelles. De Watt appela pour dire qu'on était à présent sur la piste d'un menuisier qui effectuait des travaux pour le père Joffrey et dont on avait perdu la trace. Ça ne leur rendait pas leur mère, bien entendu. « Nous essayons de comprendre comment il a bien pu attirer Irène dans ses filets, soupira le policier. Le moindre détail a son importance. »

Roberto se sentait, se disait, prêt à foncer. Sa première idée, la vente de téléphones, s'était rapidement heurtée à la prolifération du genre – certaines boutiques mettaient déjà la clé sous la porte, suivant l'exemple des débits de tabac –, mais il n'avait pas perdu courage et s'orientait à présent vers le lavage automatique – éventuellement le repassage – fort de plusieurs enquêtes concluant que cette branche d'activité ne faiblissait pas, bien au contraire.

Il se rendait compte que le moment était mal choisi pour parler de ça, mais il tournait en rond depuis quarante-huit heures, cogitant sur la question.

« Désolé, les gars. J'ai honte de vous parler business dans un moment pareil. » Il avait déroulé ses plans dans le salon de Marc où ils s'étaient repliés tous les trois après leur virée chez les Damanti – le plus hallucinant et le plus écœurant épisode qui soit, si l'on y songeait. « Vous avez d'autres choses en tête, forcément. Je suis en dessous de tout, les gars. Je vous prie d'accepter mes excuses. » Ses tatouages sortaient de sa chemisette, ses paroles se terminaient presque en murmure.

« Faut voir. Faut y réfléchir, déclara Marc.

— Écoute, je refuse d'en parler davantage. Bon Dieu, Irène me faisait sauter sur ses genoux, j'exagère à peine, j'ai donc aucune pudeur ou quoi ? »

Cela représentait néanmoins un bon paquet d'argent. Cautionner une telle entreprise, sur le plan financier, ne constituait pas une décision anodine.

Roberto promit de revenir la prochaine fois avec la pile de documents qu'il avait consciencieusement consultée depuis que l'étincelle *laverie automatique* avait jailli dans son cerveau et qui l'autorisait à considérer l'avenir en toute confiance, à affirmer que la prise de risque était nulle. « Je pense à une marque suisse. Je pense à du *Miele* pour tout vous dire. »

Par moments, Marc et David échangeaient un coup d'œil. L'histoire ne semblait pas les emballer. Décevoir Roberto non plus. Lui refuser quelque chose résonnait étrangement au regard des liens qui s'étaient tissés avec le temps. Seul quelque vestige de bon sens leur permettait encore d'atermoyer.

« Ces putains de fichues satanées banques ! soupira Roberto. Ces putains de fichus zombies qui bossent dans leurs bureaux ! Pourquoi on ne les envoie pas dans les champs ? Pourquoi on ne les envoie pas dans les usines pour qu'ils deviennent humains ? »

Il était leur ami. Ses opinions politiques faisaient partie de son charme – elles dataient de l'époque où Catherine Da Silva le snobait au volant de sa décapotable –, mais plus personne ne croyait à un monde meilleur, pour dire la vérité – ni même à un monde plus humain.

Quoi qu'il en soit, il demeura un instant bouche ouverte.

« Est-ce que vous vous rendez compte d'une chose ? » finit-il par demander.

Les deux frères levèrent les yeux au plafond. Les tentacules gluants du Capital allaient bientôt apparaître. Or ils étaient fatigués, éreintés, sans nouvelles de leur mère, bousculés par la masse des événements qui s'étaient déroulés depuis le retour d'Édith. Ils doutaient d'avoir encore assez d'énergie pour envoyer les banquiers aux champs – même s'ils n'avaient rien contre – et leurs femmes à l'usine pour ne pas faire de jaloux.

« Roberto, par pitié ! » gémit Marc en ouvrant largement les baies comme si leur vieux copain avait raréfié l'air avec sa mortelle question.

Le jardin vibrait, la journée était belle. On finissait par s'habituer à toute cette eau de malheur, à ne plus penser sans arrêt aux inconvénients plus ou moins graves. Même Édith – qui n'était toujours pas descendue et sans doute dormait encore car on n'entendait rien, pas un bruit venant de l'étage, l'intense activité sexuelle que lui imposait Marc rendait ses réveils de plus en plus difficiles, elle avait l'impression de peser des tonnes, de marcher au radar, elle prenait différentes vitamines mais rien n'y faisait – s'y habituait. Même Édith la contemplait parfois de son bureau sans ressentir de démangeaisons aux bras, sans avoir l'impression d'étouffer – c'est le docteur Blaine qui aurait été content, c'est Blaine qui aurait été soufflé par ses progrès.

« Oh ! oui, renchérit David avec ses yeux enflés. Épargne-nous le refrain, chéri, sinon va me chercher de l'aspirine. »

Roberto considéra les deux frères avec un léger pli amer aux lèvres, car c'était bien possible. Il concevait parfaitement bien que les deux ne se fussent rendu compte de rien. Parfaitement possible. Le contraire l'eût même étonné. Il pouvait sans doute crever tranquillement dans son coin. La gueule ouverte. Comme un chien.

« Bon Dieu, qu'est-ce qui te prend ? fit David. Ce

n'est pas comme si on allait s'installer de l'autre côté de l'océan, qu'est-ce que c'est que ces histoires ?

— C'est une chose qui m'arrive *à moi*, pas *à toi*. Quand ça t'arrivera *à toi*, on en reparlera. Fais-moi confiance. Tel que je te connais.

— *Personne* ne va t'abandonner, soupira Marc en écartant les bras. Change de disque.

— D'accord. N'empêche qu'on était trois célibataires. Viens pas me raconter que c'est la même chose. Tu m'as proposé une sortie, récemment ? On a vu un film ? On a bu un verre quelque part ?

— Et si tu nous laissais un peu de temps ? Si tu nous laissais prendre nos marques ? Regarde-moi ça. On est encore dans les cartons. Et David vient de se marier. Alors tu pourrais nous accorder un peu de temps ? Tu crois que c'est possible ? »

Roberto maugréa. Alors qu'en réalité il était carbonisé, explosé de l'intérieur. En tout cas, il fit une remarque à propos du retour d'Édith. Il se demanda tout haut pourquoi elle n'était pas restée où elle était. « Vingt ans après... Faut pas déconner ! »

# 4.

Au-dessus d'elle, une buse tournoyait, poussait un cri sonore – *piiyèh !* – qui se perdait au loin, vers les hauteurs, dans l'océan bleuté – *piiyèh ! piiyèh !* – succédant à l'aube.

Elle grelottait. D'épuisement, elle s'était effondrée, s'était glissée sous une racine avant que le jour ne vienne, s'était recouverte de feuilles mortes – copieusement recouverte de feuilles sombres et humides – et n'avait plus bougé – priant de toute son âme.

Moyennant quoi, elle était transie. Incapable de faire cesser les frissonnements qui se propageaient dans tout son corps.

Il la cherchait. Parfois elle entendait un souffle, ou le craquement d'une branche, ou comme un lointain hurlement de rage, et les battements de son cœur s'accéléraient – si c'était possible. Mais elle n'avait toujours pas entendu d'hélicoptère ni de chiens lancés à sa recherche. Certaines forêts de la région s'étalaient sur des dizaines de kilomètres et les chances d'y croiser un être humain se faisaient assez rares. Elle le savait très bien.

Chaque fois que l'on y retrouvait un corps, il n'était pas frais. La ville entière se félicitait des magnifiques étendues boisées alentour – idéales pour les pique-niques, pour les couples, pour les chiens, pour sortir la bagnole, pour faire courir les enfants –, principalement au nord, bien souvent jusqu'aux montagnes, se pâmait sur la beauté des essences, la beauté des feuillages, sur la puissante beauté de la nature, mais la méfiance régnait tout de même bel et bien, la méfiance était au rendez-vous. Depuis l'aube des temps. Pour ce genre de forêt profonde, peu accessible, où l'on croisait encore des daims, des chevreuils, des loups, des ours, des cerfs accompagnés de leur famille, des renards, des serpents, des blaireaux, des belettes, etc., des faucons, des hiboux, des aigles.

Les légistes s'arrachaient les cheveux lorsqu'on leur signalait un corps qui avait séjourné dans l'humus, mettons durant une bonne quinzaine ou encore davantage. La forêt ne vous relâchait jamais de sitôt, avait-on coutume de dire, et il semblait bien que ce fût vrai. Jamais on n'y retrouvait de corps frais et comme en pleine santé.

Ce genre de pensées ne calmait pas ses tremblements. La rosée l'avait trempée, des insectes couraient sur elle, des feuilles collaient à sa figure, à ses bras, à ses jambes, à ses pieds – en piteux état. Elle n'avait aucune idée de la direction qu'elle devait emprunter si elle parvenait à se remettre debout. Absolument aucune idée. Absolument perdue. Pouvant sans doute se perdre encore davantage ou se jeter littéralement dans les pattes de Roger.

Elle se recroquevilla en grimaçant. À son âge, aussi bien conservée qu'elle fût, on ne recommandait pas ce genre d'exercice.

Soudain, elle l'entendit clairement. Sans réellement le voir, elle frémit. Elle se fit encore plus petite. Il était dans les parages. Assez proche. Comment cela se pouvait-il ? Comment était-ce possible ? Qu'est-ce qu'il faisait ? Il humait l'air ? *Il humait l'air ? Ses narines palpitaient ?*

Elle en aurait pleuré. D'un autre côté, elle ne pouvait se permettre de battre un cil, de laisser rouler une seule larme. Elle sentit ses os se raidir comme ceux d'une statue, sa respiration se bloquer. C'était comme si elle le voyait, comme si elle pouvait sentir son souffle, et ça la terrifiait. Se guidait-il à l'odeur ? Cette pensée lui traversa l'esprit. La reniflait-il comme un animal ?

En même temps, elle éprouvait une furieuse envie de vivre. Et la force de cette envie se révélait étonnante. Non pas que le goût de la vie lui manquât en temps normal, mais il s'agissait là d'autre chose. De *bien* autre chose. Brûlant comme un feu intérieur impossible à éteindre.

Au moins, se disait-elle, ce constat ne faisait pas de mal. Exactement ce dont elle avait besoin dans les circonstances présentes : de pensées archipositives.

La vie était un tel cadeau de Dieu. Elle embrassa la croix qui pendait contre sa gorge. En remerciement. Afin de se sentir moins seule.

Puis, les allées et venues de l'ogre s'espacèrent. Il s'éloignait. Elle put trembler plus à son aise. *Ogre.* Le mot avait jailli dans son esprit dès qu'elle avait ouvert un œil. *Ogre*. Le cauchemar qu'elle vivait plongeait ses racines jusqu'en enfance. *Ogre*. La peur de se faire dévorer, ni plus ni moins.

Fuir n'avait donc pas servi à grand-chose. Sinon revenir à la case départ. Elle roula sur le côté. Elle avait estimé que ses chances de s'en sortir ou non étaient égales mais, à présent, elle en ricanait. Elle commença cependant à s'extraire de son lourd manteau de feuilles, inspecta les environs, planta un genou en terre et sortit des racines du vénérable chêne sous lequel elle avait passé une partie de la nuit.

Puis elle partit dans la direction opposée et ses pieds se remirent vite à saigner.

Il y avait les ronces, les épines, les échardes, les herbes coupantes, les trous, les cailloux et dresser la liste de tout ce qui déchirait sa peau – sa plante de pied si fine, si affreusement sensible –, tordait ses os, gonflait ses chevilles, n'apportait rien. Elle courait tant bien que mal, et voilà tout. Se protégeant le visage – certes, son nez était déjà cassé, mais il n'aurait plus manqué qu'elle se crève un œil ou y laisse une dent – écartant les obstacles à droite, les écartant à gauche, les faisant passer au-dessus de sa tête – quand ils avaient la charité de ne pas se prendre dans ses cheveux – tandis que d'autres lui fouettaient les cuisses et les jambes au passage.

Comme si un fauve était lancé à ses trousses. Par là, dans la direction qu'elle avait prise, le terrain devenait accidenté, chaotique, ainsi parfois elle glissait, parfois elle dévalait et même s'étalait de tout son long avant de repartir en zigzag, gémissant de plus belle. Même le plus dur d'entre les durs aurait eu la gorge nouée de la voir en si mauvaise posture, de voir cette pauvre femme se casser régulièrement la gueule durant sa course, sur des pierres ou dans une flaque de boue, s'envoler puis retomber lourdement sur les reins, interdite, avec une expression de douleur hébétée.

À bout de souffle, épuisée, elle stoppa sous un tilleul. Livide. Électrisée. Dans son tailleur blanc, si bien coupé mais chiffonné, barbouillé, littéralement en pièces, elle aurait pu servir d'épouvantail sans problème, de folle échappée d'un asile ou des bas-fonds. Jamais elle ne s'était sentie aussi sale, aussi crasseuse, *pouah !* songeait-elle en soufflant comme une forge. Pas un seul de ses cheveux, pas un centimètre de sa peau, pas un cil qui n'eût été souillé d'une manière ou d'une autre, dehors comme dedans – *Seigneur ! Mon Dieu !* –, rien n'avait échappé à l'ouragan qui s'était abattu sur elle.

Son nez, son visage la brûlait, son bas-ventre la brûlait et elle lâcha un bref sanglot face au sort qui lui incombait. Après quoi elle leva lentement les yeux et les protégea de la lumière tandis qu'elle se mettait à examiner le tilleul avec attention.

Enfant, elle n'avait pas passé sa vie dans les arbres. Elle n'y avait d'ailleurs jamais grimpé, pour autant qu'elle s'en souvenait. L'exercice ne l'avait jamais attirée. Sans doute, mais allait-elle poursuivre sa course jusqu'à ce que son cœur éclate ?

Elle n'était pas équipée. Elle était en miettes. Mais elle estima qu'elle pouvait se hisser sur la première branche. Elle jugea qu'elle en avait encore la force. Pour ensuite s'enfoncer à travers le feuillage, monter le plus haut possible et disparaître. Et ne plus bouger de là jusqu'à ce que l'on vienne la chercher. Qui que ce fût.

Des torrents de lumière coulaient entre les arbres dont les frondaisons vibrionnaient de jaune-vert, de médaillons translucides. Les oiseaux chantaient, le sous-bois resplendissait, s'emplissait d'une beauté presque irréelle. Du coin de l'œil, elle vit détaler un jeune daim ou quelque chose de la même famille.

Au troisième essai, cette fois sans l'ombre d'un doute, ses mains se refermèrent sur la branche numéro un – elle en poussa un cri de surprise – et s'y cramponnèrent. Après un instant de flottement, elle tira sur ses bras et lança une jambe vers le haut afin de consolider sa prise. Une fois, deux fois, trois fois... Qui aurait pensé que c'était si difficile ? Qu'elle était si lourde ? Si maladroite ? Elle se détestait. Alors que chaque seconde comptait, que l'ogre pouvait apparaître à chaque instant. Qu'elle était là, parfaitement incapable d'effectuer un simple rétablissement sur cette fichue branche. Au fond, tant d'épreuves la rendaient malade. L'exercice l'avait de nouveau mise en nage et les muscles de ses bras commençaient à se tétaniser. De plus, les gémissements de cette folle devaient s'entendre à des kilomètres, se dit-elle. Ses larmes coulèrent, mais elle se mordit les lèvres et se tut. Puis s'activa comme un beau diable.

Quelques minutes plus tard, en sueur, tremblante, les joues rougies par l'effort, à califourchon sur la branche la plus basse du tilleul – grosse comme le mollet d'un homme adulte, à l'écorce râpeuse –, elle en pleurait presque de joie, ne sachant trop comment essuyer sa figure avec des mains aussi sales, et idem pour l'intérieur des poignets. Quoi qu'il en soit, il ne fallait pas moisir. Il fallait monter. Grimper en haut de cet arbre. Se blottir. Se fondre dans le feuillage. *Sans attendre.*

La branche suivante ne causa aucune vraie difficulté. Elle jaillissait du tronc un quart de tour au-dessus, à moins de un mètre. Irène s'y hissa sans peine. Là, elle se suspendit et se balança pour atteindre l'étage supérieur – plutôt pas mal pour une débutante –, puis elle poursuivit son ascension en implorant le Ciel de la rendre invisible.

Quoi qu'il en soit, elle refusait d'avoir un avis sur la sévérité de la correction. Sans doute méritait-elle ce châtiment. Ce n'était pas à elle d'en juger. Et elle n'en jugeait pas. Elle n'oubliait pas comment cette histoire avait commencé, ni avec quelle ardeur elle s'était donnée à son tortionnaire, avec quel incontrôlable empressement. Elle l'assumait. Elle ne cherchait pas à l'esquiver. Et si Dieu pensait, façon de parler, que la punition n'était pas encore assez dure, parfait, elle n'avait rien à dire. Il suffisait de lui indiquer le chemin, les pierres, les verges, le vinaigre. Elle ne s'y déroberait pas.

Elle prit position au creux d'une large fourche, assez haute, remonta ses genoux contre sa poitrine et regarda en bas. Elle se demanda comment elle avait réussi un tel exploit, comment une femme comme elle pouvait grimper à un fichu tilleul de cette taille sans se rompre les os.

Quelle excuse avait-elle aux yeux de Celui Qui Voyait Tout, de Celui Qui Entendait Tout, de Celui

Qui Savait Tout ? Que pouvait-elle avancer pour sa défense ? Elle ne se montrait pas la dernière pour critiquer ce genre de femmes et voilà qu'elle se découvrait à leur image, et même au premier rang de celles-ci, en complète dépravée. Exactement. Il ne fallait pas avoir peur d'appeler les choses par leur nom. Il fallait au moins avoir ce courage. Sur une branche, non loin d'elle, se faufila un écureuil roux. Elle frissonna à l'idée que l'animal fût épouvanté par quelque bruit, par un humain sillonnant les parages avec des grognements furieux. Elle serra de plus belle ses genoux entre ses bras. Qu'avait-elle voulu se prouver ?

Irène tomba de son arbre quarante-huit heures plus tard. En silence, elle bascula dans le vide après s'être endormie – non sans avoir mené de rudes mais vaines batailles contre le sommeil – le surlendemain midi, comme un sac de chiffons. Elle s'écrasa une dizaine de mètres plus bas avec un bruit d'omelette froide.

Victor ouvrit un œil. Il se dressa sur un coude. Ainsi, dans la pénombre de la chambre, la soudaine ressemblance avec sa femme – l'hématome autour du nez qui virait au jaune violacé, la lèvre un peu fendue, etc. – se révélait étonnante – certains collègues de Bradge avaient traversé la moitié du pays pour admirer le phénomène et pousser quelques sifflements.

Il resta immobile une minute, les mâchoires serrées, sur le lit de camp installé dans l'ancienne chambre de Marc, là où traînaient encore quelques cartons et un halogène enveloppé dans du papier-bulle. Quoi qu'il en soit, la maison baignait dans un silence total.

Il s'était assoupi. En fait, il se demandait si Bradge ne profitait pas de ses visites, matin et soir, pour lui administrer secrètement quelque chose – un antidépresseur en pommade ou en aérosol –, cet abruti.

La femme de ménage, une nouvelle qu'il ne connaissait pas bien et qui parlait une espèce de dialecte ressemblant à du grec, n'arrivait qu'à onze heures – elle venait d'un quartier inondé, privé de transports en commun, de même que d'éclairage public à la nuit tombée. Il avait du sommeil à rattraper, bien sûr. Depuis la disparition d'Irène, s'il avait fermé l'œil une demi-douzaine d'heures, c'était le maximum.

Il ne s'était pas rasé. Élisabeth Dorflinger l'apostropha de son jardin et l'invita à ne pas se laisser aller.

« Veux-tu que je m'en charge ? lui lança-t-elle. Justement, je n'ai rien à faire.

— Ma foi, je n'en sais rien », répondit-il.

La perspective de s'abandonner dans un fauteuil, au soleil, les yeux fermés, tandis qu'une femme vous faisait la barbe, ne laissait pas indifférent. D'un autre côté, elle pouvait lui casser sacrément les pieds – lorsqu'elles se trouvaient ensemble, elle et Valérie Ardentropp et Irène, mieux valait filer dans les montagnes et s'enfermer dans une cabane.

« Alors qui va le savoir ? »

Il secoua la tête : « Je te demande pardon ?

— Si toi tu ne le sais pas, qui va le savoir ? Écoute, ce n'est qu'une proposition amicale. Mais si tu te voyais, tu fais peur. Est-ce que tu t'es vu ?

— Du calme. Laisse-moi réfléchir.

— Tous ces médecins, tous ces professeurs, je les regardais sortir. Ils étaient es-to-ma-qués.

— Je sais. Je les emmerde. »

Ils s'installèrent sur le balcon, sous un parasol.

« Pas facile, avec toutes ces entailles, fit-elle en grimaçant. Au moins, ça ne se verra pas si je te coupe. Mais, pour en revenir à notre conversation, elle est la mère de tes enfants. Quoi, ils ne peuvent pas comprendre ça ? Est-ce donc si incroyable ? »

Il la dévisagea quelques secondes. « Écoute, je n'en sais pas plus que toi. Appelle ça comme tu veux. Appelle ça hystérie si tu veux, ça m'est complètement égal, d'accord ? Appelle ça du nom qu'il te plaira et laisse-moi tranquille. »

Elle poursuivit sa besogne en silence. « Le plus drôle, reprit-elle, c'est que cela puisse arriver à un homme tel que toi. Reconnais-le. Il s'agit là de l'expression d'un sentiment exceptionnel, tellement puissant, reconnais-le. Ne le prends pas mal, mais reconnais-le.

— Quel sentiment exceptionnel ? Je ne sais pas de quoi tu parles.

— En tout cas, j'espère que tu n'en as pas honte. J'espère que c'est le contraire. J'aimerais pouvoir dire que j'ai rencontré un homme sensible, au moins une fois dans ma vie.

— Très bien. Ravi de t'avoir comblée.

— D'après internet, il n'y aurait que huit cas répertoriés dans le monde, dont cinq chez des religieux.

— Et alors ? Que veux-tu que ça me fasse ? J'ai beaucoup pensé à elle, ces derniers temps, c'est vrai. Est-ce interdit ? Suis-je devenu un phénomène de foire pour autant ? J'aurais pu avoir des plaques, des rougeurs à la place, et personne ne s'en serait soucié. Qu'on ne vienne pas me raconter de salades. Qu'y a-t-il ? Tu croyais ce monde élucidé ? »

Elle le trouvait bien nerveux, bien agressif. Il fit mine de s'en étonner. Pourquoi se serait-il senti nerveux ? N'avait-il pas toutes les raisons de se réjouir ?

Marc sortait du Hilton lorsque son téléphone sonna. Il venait d'avoir une explication avec les parents de Joël dans le bar de l'hôtel et marchait à grands pas.

Il n'avait pu éviter cette confrontation. Il en avait eu assez. Sonia était sa fille. Il n'avait pas l'intention de rester sans broncher pendant qu'on profitait d'elle.

D'une voix calme, il leur avait exposé son point de vue et leur avait conseillé de changer d'attitude. Ils avaient feint en chœur de ne pas comprendre. Le ton avait failli monter. Mais Marc avait fini par sourire, agitant un doigt dans leur direction comme s'il avait failli tomber dans le panneau. Il souriait et il les aurait étranglés.

La veille au soir, il avait donné sa parole. Il s'était engagé à traiter le problème en douceur, à mettre les formes, et il s'était montré si convaincant qu'Édith avait fini par se ranger à ses côtés. Convenant qu'il avait raison, qu'on ne pouvait laisser ces deux saligauds abuser de la situation – bien qu'on eût préféré ne pas se mêler de ses affaires.

Entendant cela, Sonia avait lugubrement ricané. Elle venait prendre des nouvelles d'Irène, elle ne venait pas pour discuter de la façon dont la traitaient les parents de Joël. Sur ce, Marc et Édith avaient échangé un coup d'œil. Ils la trouvaient pâle, fatiguée, les nerfs à fleur de peau. Elle protestait, mais son corps menaçait de se mettre à genoux. Elle ne prenait même plus le temps de se maquiller.

« Écoute. Nous ne pouvons pas te décharger de *tout* ton problème. Nous n'essayons même pas. Ta mère et moi n'essayons surtout pas de nous immiscer dans tes affaires, d'accord ? Nous voulons juste te rendre la tâche un peu moins pénible, c'est tout. Tu trouves que c'est une attitude anormale de notre part ? Nous sommes censés agir autrement ? »

Elle avait fixé son père un instant avant de s'écrouler en soupirant. « Je sens que cette conversation va bientôt valoir son pesant de cacahuètes, pas vous ? On parie ? »

Difficile de lui en vouloir. Malgré les efforts qu'il faisait, il n'avait pas le sentiment d'avoir établi un véritable contact avec elle. Les progrès étaient minces. Elle demeurait encore sauvage avec lui, constamment sur la défensive. Mais aussi, il y avait de quoi. Très bien. Okay, se disait-il.

Quelques heures plus tôt, s'engouffrant à l'intérieur du Hilton, il était satisfait de lui fournir une preuve supplémentaire de son engagement affectif envers elle, une preuve tangible et pas du blabla, pas du chinois. Des actes. Un acte valait mieux que mille paroles.

Quoi qu'il en soit, quel couple abominable. De vrais cinglés. Là, Joël était servi – parfois, sur le front de certains adolescents, il était écrit *accordez-moi les circonstances atténuantes.* Ou encore *tuez-moi ! tuez-moi !* –. Surtout la mère. Le genre de femme qu'un mari finit par occire d'un coup de hache, et pas seulement parce qu'elle dépense des fortunes en vêtements, songeait Marc en les quittant, empruntant alors la vénérable porte à tambour du Hilton en sens inverse.

« Oui, allô ? » fit-il. Mais une voiture de pompiers débouchait sur l'avenue à ce moment-là, toutes sirènes hurlantes. Ces gars, on pouvait dire qu'ils n'avaient pas chômé depuis le début de l'inondation. Aux informations, on remarquait leurs phrases balbutiantes, leurs traits tirés, puis des gradés s'approchaient des micros pour parler de la fatigue de leurs hommes.

Bref, il remonta sur le trottoir en vitesse et écrasa ainsi les pieds d'un homme qui poussa un tel hurlement que Marc en lâcha son téléphone. En fait, le type devait avoir un cor ou œil-de-perdrix, ou une quelconque blessure car il en devint presque violet.

Sa bouche se tordit, se préparant à lâcher une insulte, ou un chapelet de jurons, quand soudain son air changea, son teint s'éclaircit.

« Hé. Hé, fit-il. Je vous connais. Vous êtes le type de la télé.

— Quoi ? Quoi ? fit Marc en fronçant les sourcils. Qu'est-ce que vous racontez ? »

Il ramassa son téléphone en pensant qu'il avait affaire à un fou. Tandis que l'autre enchaînait : « Ma parole, mais vous êtes le type qui s'est flanqué à l'eau pour sauver cette gosse l'autre jour. Je ne rêve pas. Attendez. Donnez-moi votre main. Laissez-moi vous serrer la main. Génial. Vous avez été génial. Quand je vous ai vu sortir cette gosse de l'eau je me suis dit *voilà, regarde ça, regarde ça, des hommes sont encore capables de faire ça, regarde ça*, et je vous jure, vieux, ça m'a vraiment fait du bien. Serrez-m'en cinq, l'ami. »

Marc s'exécuta, souriant d'un air vague. Après quoi l'autre se mit à brailler qu'il voulait un autographe. Ce n'était pas le premier que Marc signait à la suite de cette affaire. En général, les gens vous tendaient ce qu'il fallait, mais celui-là avait les mains vides. Il voulait un autographe mais il n'avait ni papier ni stylo et Marc admit que c'était un problème tout en se concentrant sur l'opération qui consistait à renclencher la batterie de son portable.

L'autre en profita pour arrêter un couple qui passait par là, deux types en short, bronzés, la trentaine. Marc releva la tête. « Bien sûr. Très bien. Je reconnais parfaitement ce monsieur », déclara l'un d'eux tandis que l'autre fouillait dans sa musette et en tirait un carnet qu'il agita brièvement.

Marc ne détestait pas ça. Soyons honnêtes. Il s'accommodait fort bien du statut de célébrité locale que lui avait conféré cette histoire de sauvetage. Il distribua quelques poignées de main supplémentaires. « Je ne vous ai pas vu à une réunion antinucléaire ? » demanda l'homme au carnet dont les doigts étaient couverts de bagues en métal argenté.

Antinucléaire ? Marc secoua la tête. Il n'avait jamais mis les pieds à une réunion antinucléaire. Qui pouvait encore se soucier d'un danger parmi tant d'autres ? Qui pouvait douter que ce monde allait finir dans un embrasement général, d'une manière ou d'une autre ? Quel intérêt de savoir de quelle main nous allions mourir ?

« Il n'y a pas que le nucléaire qui m'inquiète, leur confia-t-il en signant l'autographe du premier. Malheureusement. La façon dont cette ville est dirigée m'inquiète presque davantage. Pas vous ?

— Okay. C'est là que je vous ai vu. Okay. J'en profite pour vous dire que mon ami et moi, on est entièrement d'accord avec vous. Et on va voter pour votre liste, faites-moi confiance.

— Hum ? Eh bien, les gars, ce que vous me dites là me fait plaisir. Merci de votre appui. Cette ville ne leur appartient pas. Pas plus qu'elle n'est leur terrain de jeux. Enchanté, les gars. Je vois que nous faisons la même analyse... C'est maintenant ou jamais, non ? Avant que cette ville ne se dégrade tout à fait...

— J'ai votre nom sur le bout de la langue. En tout cas, on va voter pour vous, sachez-le.

— Je soutiens clairement cette liste. Absolument. Je ne suis pas dessus, mais je la soutiens à cent pour cent. Je connais personnellement Vincent Delborde. Il ne cherche rien pour lui-même. On peut lui faire confiance. Je me porte garant pour lui. »

Il fallait savoir donner un peu de son temps au peuple, caresser la tête des enfants. Enfin, plaisanterie à part, Vincent répétait que chaque voix compterait le moment venu, que chaque poignée de main avait son importance. Certes, le procès allait mettre le feu à l'étoupe, servir de tribune, la bataille allait se dérouler au grand jour, mais rien ne remplaçait le pur contact, la relation humaine, les fils qui se tissaient avec l'homme de la rue.

Y prenait-il goût ? Y prenait-il goût ? se demandait-il lorsqu'il avait une minute. Son engagement n'était pas encore allé jusqu'à inscrire son nom sous celui de Vincent Delborde, mais il n'en manquait pas beaucoup. En fait, l'expérience paraissait même quelquefois assez tentante. Vue sous un certain angle. D'autant qu'il avait de l'énergie à revendre, de l'énergie à canaliser s'il souhaitait mener à bien sa reconversion, s'il souhaitait réussir sa nouvelle vie au bras d'Édith ainsi qu'il se l'était toujours promis.

Il y avait en lui un type normal qui aspirait à une sexualité normale. Qui tentait d'échapper à ses démons avec la meilleure volonté du monde.

Celui qui avait les mains pleines de bagues se caressait le menton et voulait savoir pourquoi le nom de Marc n'apparaissait pas sur la liste. Le type était un vrai curieux – le type qui vous collerait jusque dans les toilettes. « C'est quand même bizarre, fit-il. Que vous soyez pas plus impliqué.

— Ils ont mon soutien. Ne croyez pas ça. Je suis parfaitement clair là-dessus. Je l'ai dit devant les caméras : ils ont mon soutien indéfectible et total. Vincent Delborde est mon ami. Je suis à ses côtés. J'engage quiconque habitant cette ville à soutenir son équipe. Quiconque désirant en finir avec cette farce. Car nous en avons tellement marre, n'est-ce pas. Car nous en avons tellement assez de tendre l'autre joue, non, n'ai-je pas raison ? »

Il jeta un coup d'œil à son portable tandis que les trois autres hochaient benoîtement la tête et vit que l'appel manqué quelques minutes plus tôt émanait de son avocat, justement. Tout était vrai. Tout ce qu'il venait de raconter était vrai. Leur relation était au beau fixe. Ils s'appréciaient – être pédé n'empêchait pas d'avoir des couilles, de se montrer pugnace, avait observé Marc depuis qu'ils se fréquentaient.

« Soyez sans crainte, reprit-il. Vincent Delborde s'est entouré des meilleurs, n'en doutez pas. Faisons-lui confiance. Maintenant, les amis, pardonnez-moi mais je dois vous laisser. En tout cas, j'ai été ravi de cette rencontre. Nous avons besoin de gens comme vous. »

Il en rajouta encore un peu avant de tourner les talons. Eh bien, il fallait l'admettre. Il fallait convenir que le rôle n'était pas désagréable. D'autant qu'à en juger les mines qui s'épanouissaient autour de lui lorsqu'il menait ainsi campagne, il avait trouvé le ton juste. La juste proportion de solennité, de proximité, d'insistance et de séduction. Un instinct très sûr, selon de fins observateurs. Marc avait beau jurer qu'il n'avait pas derrière lui un passé de militant rompu à ce genre d'exercice, on lui souriait d'un air entendu.

Tout venait de cette colère froide qui brûlait constamment en lui et agrémentait sa voix d'un irrésistible vibrato dès qu'il s'agissait de redonner un peu d'air frais à cette ville – et confiance et honneur à ceux qui l'habitaient.

On lui avait donné la parole une ou deux fois, et on l'avait applaudi. L'expérience avait été intéressante. Catherine Da Silva lui avait déclaré qu'il était plus simple d'assumer sa sexualité que de se lancer dans ce genre d'aventure – avec un clin d'œil appuyé.

Il monta au cinquième niveau du parking, déclarant à Édith qu'il avait parfaitement bien contrôlé la situation et estimait avoir été compris par les Thénardier.

« Ils vont rester encore une semaine. Le père m'a donné sa carte.

— Tu sais... je suis désolée. Je suis vraiment désolée.

— Attends, je ne me plains pas. Je suis ravi de faire des trucs pour elle. Au contraire, je suis ravi. Laisse-moi du temps. Je ne suis pas étonné qu'elle ait la tête dure.

— Marc, redis-moi que j'ai bien fait. J'ai besoin que tu me le dises. Que ce n'était pas une pure folie. Redis-moi que j'ai bien fait. »

Les femmes étaient marrantes. Ce besoin qu'elles avaient de se rassurer après avoir semé le chaos autour d'elles. Revenir ou ne pas revenir. Où était la question ?

Il grimpa dans son roadster en souriant. S'imaginait-il se prenant la tête à son tour, en train de se demander s'il avait bien fait ou non ? Il recula et s'engagea sur la rampe qui conduisait à l'étage inférieur, monstrueusement fléché, en riant à part lui. La situation était compliquée à souhait, et même assez tordue, mais il ne l'aurait changée pour rien au monde.

À aucun moment il n'avait éprouvé la moindre hésitation. Il avait attendu son heure, durant vingt ans, et le moment venu, il avait agi. Quoi d'autre ? Spéculer ?

Les pneus se mirent à couiner sur le revêtement lisse. Le soleil brillait à travers de brutales structures de béton – certains architectes méritaient la corde – et le chant des pneumatiques s'intensifiait à mesure qu'on descendait vers le niveau zéro. Ils avaient le même genre de parking à l'aéroport. À mi-chemin de la sortie, il repensa à Irène. Ses épaules s'affaissèrent. Le grincement aigu du caoutchouc sur la résine époxy se transforma en un long cri déchirant.

En bas, le jeune type préposé aux tickets ainsi qu'au maniement de la barrière s'était endormi dans sa cahute, bouche ouverte. Il faisait bon. Marc pouvait patienter une minute, le temps que l'autre se réveille. Il y avait un groupe de femmes en blouse à manches courtes près de la sortie, qui nettoyaient le sol au jet. Y avait-il un espoir qu'elles se mettent à le frotter en s'accroupissant ? Qu'au moins l'une d'entre elles tendît ses fesses en arrière ?

Vincent Delborde appela de nouveau. Marc se fit arrêter avec le téléphone à l'oreille avant qu'ils n'aient pu échanger un mot. Ahurissant.

D'un autre côté, c'était peut-être mieux ainsi. Peut-être un carambolage avait-il été évité. Mieux valait entendre ça à l'arrêt, en tout état de cause. Il se trouvait même un banc un peu plus loin, merveilleusement ombragé.

Son amende à trois chiffres à la main, son téléphone serré dans l'autre à présent qu'il avait parlé avec son avocat, Marc regarda le motard s'éloigner. Ses jambes flageolaient. Ses oreilles sifflaient. Sa salive manquait.

Il alla s'asseoir à l'ombre des bosquets. Durant une seconde, il respira avec difficulté. S'agissait-il d'un simple mauvais rêve ? Pouvait-il croire que Victor avait fait ça ? Se pouvait-il que son propre père se comportât comme le pire des salauds ?

La scène se passait dans le haut de la ville. Le vert

des forêts s'étalait sur une immense étendue, et au-delà, dans le lointain, émergeaient des reliefs qui se liquéfiaient dans la brume. Le coup était violent. La déception terrible. La frustration totale.

Il n'y avait plus de procès. Terminé. Victor en avait décidé ainsi. Au mépris des liens du sang. Rares étaient les pères qui s'en montraient capables. Rares étaient les enfoirés de cette espèce. Sans compter que cet homme-là postulait à son ancienne place au sein de la famille. Mais bien sûr. Mais bien sûr. Mais comment donc.

Marc jeta un coup d'œil aux plis de son pantalon, à ses fines chaussettes, à ses chaussures cirées. D'une certaine manière, tout cela signifiait qu'il était arrivé à l'âge adulte et que donc on ne pouvait plus lui jouer n'importe quel morceau. Ils allaient avoir une passe difficile, se dit-il. Ayant en tête les dernières recommandations de son père au sujet d'Irène à qui il fallait éviter de plus amples contrariétés. C'était vraiment se foutre du monde. Quel sombre salaud. Mais c'était qui, ce type-là, ce parfait inconnu, ce superbe enfoiré ? C'était *qui ?*

# 5.

Le téléphone sonna au petit matin. Géraldine entra dans la chambre, secoua David et lui tendit l'appareil. Josianne dormait les yeux à demi ouverts, la poitrine nue.

Géraldine se pencha et ramassa une revue automobile du côté de sa mère tandis que David prenait la communication. Elle s'assit sur le lit et la feuilleta tandis que David se raidissait.

On venait de retrouver Irène.

Au petit jour. La chute de son arbre l'avait sonnée mais il semblait qu'elle eût atteint un seuil au-delà duquel les choses ne pouvaient pas aller plus mal. Elle resta donc une heure ou deux à gémir, à trembler pendant que le jour se levait, couverte de brindilles et de rosée. Le mufle humide et froid d'un animal non identifié rencontra un instant sa joue – c'est dire si elle faisait pitié, si elle paraissait faible.

Son corps avait heurté des branches, en particulier son côté droit qui semblait pris dans une tenaille géante. Elle se mit à genoux avec toutes les peines du monde. Debout, elle pressait avec ardeur sa croix contre ses lèvres quand un hideux courant électrique la traversa, un éclair glacé, jusqu'à la racine des cheveux. Elle se plia en deux pour ne pas être découverte. Son estomac se contracta mais elle ne laissa glisser que quelques filaments entre ses doigts, entre deux reniflements.

Elle partit droit devant elle, au hasard, traînant la jambe, pleurant en silence.

Faute de le voir, elle entendait clairement son souffle – plutôt ses *feulements* – qui se rapprochait cependant qu'elle dévalait une pente assez forte, passant de l'ombre à la lumière au gré du feuillage.

C'était la fin, elle le sentait. Elle ne pourrait pas tenir ce rythme très longtemps. Une fois, elle le situait sur sa gauche. Une autre fois, sur sa droite. Ou même carrément devant elle. Mais toujours de plus en plus proche, de plus en plus *tangible*. En fait, les proies échappaient rarement à leurs poursuivants. Dans la réalité, les proies s'en sortaient une fois sur mille. Bien évidemment. Les bras en avant, aveuglée par les fontaines qui coulaient de ses yeux, elle respirait comme une locomotive et en même temps couinait. À chaque foulée, elle pensait qu'il l'attrapait au collet et la flanquait par terre.

Heureusement, des policiers le criblèrent de balles. Sans sommation. Au moment, justement, où il s'apprêtait à la frapper avec une branche morte qu'il peinait à brandir au-dessus de sa tête – laquelle tête vola donc en éclats, vaporisant un nuage de sang tiède au-dessus d'Irène.

Un peu plus tard, ils l'hélitreuillèrent, enveloppée dans une couverture qui sentait le chien humide.

Elle se trouvait à présent sur un lit, à demi consciente, sous perfusion, entourée de médecins, totalement délirante – les sédatifs lui montaient très vite à la tête.

David s'habilla en vitesse. Il était six heures du matin. Géraldine avait enclenché l'ouverture automatique des rideaux et une pâle aube translucide descendait sur la ville dont les tours de verre bleuissaient encore dans la pénombre. La vue était splendide. Josianne ne voulait jamais s'endormir le soir avant de jouir de ce spectacle, assise dans le lit, tous feux éteints, comme dans le cockpit d'un avion, proprement ébahie – la lune soudain jaillissant de l'horizon, puis ruisselant sur le fleuve comme un ballet de poissons mutants, la médusait.

« Dieu soit loué ! Dieu soit loué ! » répétait-il, penché sur la machine à espressos.

Dans l'ascenseur, il se surprit d'avoir employé ces mots. Invoquer le Très-Haut n'était pas dans ses habitudes – malgré le bonheur exquis que l'on éprouvait à s'élancer au petit trot dans la fraîcheur de l'aube avec de bonnes chaussures aux pieds.

Sautillant sur place, il sortit ses écouteurs puis se tourna vers l'ouest en direction du pont Lafayette qui venait d'être rendu à la circulation en écoutant *Disco Sheets* de Wolf Parade.

Dieu pouvait être remercié pour beaucoup de choses. Pour la merveilleuse beauté de la Nature, par exemple, ou celle des mathématiques. Mais sans doute pas pour avoir sauvé sa mère. Non. Alors c'était drôle. Alors c'était drôle de s'être entendu dire *Dieu soit loué ! Dieu soit loué !*

Il ricana en débouchant sur un croisement désert, mi-lueur du jour mi-reflet lunaire. Il sautilla un instant sur place en inspectant l'avenue Kubrick dont les trottoirs plongeaient sous l'eau à moins d'une centaine de mètres et dont les arbres qui la bordaient traçaient une voie directe jusqu'à l'auditorium, parfaite pour le ski nautique.

Puis il traversa le Lafayette sous un voile rose, luminescent. Sonia habitait de l'autre côté, quelques rues au-dessus. En même temps, il se rendait compte qu'il n'avait pas remis les pieds dans cette maison depuis vingt ans et ça risquait de lui faire un choc, c'était même fort probable.

« On vient de retrouver ta grand-mère, lui dit-il. Saine et sauve. La mère de ton père, et donc également la mienne. Irène, ta grand-mère, quoi. Elle est en vie. »

Il se tenait les hanches, reprenant son souffle, tandis qu'elle se frottait les yeux.

Elle le fit entrer. Il régnait dans le salon un fouillis inextricable. « On est en train d'arranger », expliqua-t-elle en passant. David aperçut un lit dans la pénombre, une sorte de tank à roulettes laqué blanc, sans doute motorisé. Ils s'installèrent dans la cuisine, de part et d'autre d'une table en Formica que – avec un pincement au cœur qu'il parvint habilement à maîtriser – David crut reconnaître.

« Je ne peux rien faire tant que je n'ai pas bu mon café, s'excusa-t-elle en bâillant.

— Écoute, rien ne presse. Prends ton temps. Elle est hors de danger. »

Sonia hocha vaguement la tête.

« Nous serions tous contents que tu sois là »,

ajouta-t-il tandis que les souvenirs envahissaient l'autre moitié de son cerveau.

Elle se gratta la tête en grimaçant – ce qui ne l'enlaidissait même pas – et répliqua très distinctement : « Alors pourquoi ce n'est pas lui qui vient me chercher ? Hein, puisqu'il serait si content que je vienne... Qu'est-ce qu'il fout ?

— Qu'est-ce qu'il fout ? Je suis son frère et pourtant je me le demande. Tu dois sentir de l'impatience monter en toi. Je te comprends. Quant à moi, je voulais simplement te rappeler que tu as une famille. Et tu sais, ce n'est pas la plus mauvaise chose qui pouvait t'arriver.

— Je vais attendre encore un peu avant de me prononcer.

— Je suis d'accord. Ce n'est pas quelqu'un de très facile. Je comprends très bien.... Tu sais, je me souviens d'un jour, il était assis là, juste à ta place, et je lui ai balancé mon poing en pleine figure. C'est le genre de réaction qu'il peut provoquer, quelquefois. Ça ne lui fait pas de mal.

— À cause de ma mère ?

— Oh ! je ne m'en souviens plus. Mais il y a de fortes chances. Édith était notre sujet de dispute favori. J'avoue que nous étions complètement fous, à l'époque, j'avoue que nous avions passé les bornes, les uns et les autres. Pour finir, ses parents se sont exilés à Auroville. Pour ne plus entendre parler de nous. Pour ne plus entendre parler *d'un seul* Sollens, vivant ou mort, enfin c'est pour te dire. Pour te donner une idée du genre de la maison. » Il se tut, puis finit par hausser les épaules en regardant dans le vague, « Je ne devrais pas être là en train de le débiner, soupira-t-il. Je suis sidéré. Vraiment. Écoute, je pense que c'est à cause de l'endroit. Tu sais, ce ne serait pas étonnant. Cette maison. Il s'en est passé, dans cette maison. Pas seulement dans sa chambre. Partout. Je ne vois pas d'autre explication. Je n'avais pas l'intention de dire du mal de lui, je n'en reviens pas.

— Tu appelles ça *dire du mal* ? Tu es sérieux ? »

Elle versa le café dans les tasses. Derrière la baie, le jardin pâlissait, le gazon brillait comme de l'inox.

« Tu es venu pour *espionner* ? » demanda-t-elle.

Il secoua la tête. « Jamais de la vie. »

Elle le dévisagea. « Parce que si c'est le cas... »

Il leva les mains et proposa d'être foudroyé sur place s'il mentait.

David avait le don de mettre les femmes dans sa poche. Au bout d'un moment, elles finissaient toujours par trouver une certaine douceur dans son regard, par le trouver irrésistible, et elles capitulaient. Il avait compris comment ça marchait et n'hésitait pas à en jouer. Au bout d'un moment, se sentant en confiance, Sonia finit donc par lui donner quelques indications sur la manière dont elle pensait réorganiser les lieux en fonction de son ami handicapé à cent pour cent. « Il va sans doute falloir agrandir la porte de la salle de bains », fit-elle avec un sourire contrit.

Il lui retourna son sourire. « Tu te lances dans une drôle d'histoire. On a dû te le dire. En tout cas, ne te précipite pas pour démolir la maison. Suis mon conseil.

— Je me demande quand vous allez comprendre, toi et les autres. Je ne suis pas *forcée* de m'occuper de lui. Je ne suis pas *obligée* de m'occuper de lui. Je ne suis obligée *à rien*.

— Sois sympa. C'est ma première visite.

— Je suis *heureuse* de pouvoir m'occuper de lui. Je ne sais pas si vous allez comprendre un jour. Dans quelle langue je dois parler, je me le demande.

— Eh bien, dans ce cas, si tu veux un coup de main, n'hésite pas. Si tu as besoin de moi pour bouger quelques meubles, ne te gêne pas. Je te le répète, viens me voir quand tu veux. Josianne t'aime vraiment bien. Passe quand tu veux. Invite-toi à diner. Tu n'as pas besoin de prévenir. Tu es chez toi. Tu es la seule nièce que j'ai, figure-toi. »

Il regarda sa montre. « Tu penses pouvoir être prête dans une demi-heure ? Je prends une douche et je suis en bas de chez moi. Tu sais, on dirait que le moment est venu où tout rentre dans l'ordre, tu n'as pas cette impression ?

— Non, pas exactement. »

Durant un instant, il caressa la table du bout des doigts, l'air ailleurs. « Écoute, j'aimerais jeter un coup d'œil au jardin, je peux ? »

Elle le considéra d'un œil évasif au-dessus du bol de café qu'elle portait à ses lèvres, puis acquiesça. « Tu peux visiter toute la maison pour le même prix, ça ne me dérange pas. »

Ils s'avancèrent dans le jardin. David indiqua l'endroit où le père d'Édith avait bâti une cabane à l'intérieur de laquelle il méditait et pratiquait son yoga quotidien jusqu'à ce qu'elle parte en flammes.

« Eh bien, j'étais fou de rage, expliqua-t-il. Imagine-toi, je venais d'apprendre qu'ils s'étaient donné rendez-vous à l'intérieur, tu sais la place était encore chaude, alors je l'ai arrosée d'essence. Tu imagines ? J'ai flanqué le feu à la cabane de ton autre grand-père. Je me suis même battu avec les pompiers. Ta mère ne t'avait jamais raconté ça ? Le soir même, elle pleurait contre ma poitrine et voulait qu'on s'enfuie tous les deux. Ça, je te prie de croire que rien n'était simple. Car bien entendu, pendant que ta mère et moi rêvassions sur le toit, Marc nous cherchait partout. Pourquoi me regardes-tu ainsi ? C'est la plus stricte vérité. Ne me regarde pas comme si j'étais un demeuré. C'était comme si nous avions attrapé un virus ou fumé du crack. On ne pouvait rien y faire. »

Il grimaça en se tenant le menton, le regard fixé sur le fantôme de cette petite cabane qu'il avait autrefois réduite en cendres.

À présent qu'il était marié, toutes ces choses semblaient encore plus loin, tout ce passé semblait se situer à des kilomètres. Il s'agissait d'une autre vie, d'un autre lui-même. Maintenant qu'il était marié, il traitait sa jeunesse d'un haussement d'épaules.

« L'autre but de ma visite concerne Victor. Ton grand-père, donc. Pour que tu ne sois pas surprise. Ton père et moi considérons qu'il est mort. Pas dans le sens où nous aurions mis un contrat sur sa tête, mais dans le sens où il n'existe plus pour nous. Pour que tu ne sois pas étonnée. Pour nous, il est mort.

— Allons bon.

— Je ne plaisante pas. Il affirme que la mairie nous avait prévenus des risques. Le coup le plus dégueulasse qu'il pouvait nous faire. Qu'il peut produire une lettre recommandée. Tu vois le genre. On y tenait, à ce procès. Ça risquait d'aller très loin. Et il nous fait tout péter à la gueule. Quelles que soient ses raisons. Mais bref. Nous allons faire ça pour elle. Par respect pour son état. Nous lui présenterons un front uni. Bien entendu. Nous n'allons pas nous invectiver dans sa chambre. D'après ce que je sais, il va lui falloir du repos et du calme. Beaucoup de repos et beaucoup de calme. Ce serait bien que tu sois là. Avec ta mère. À nos côtés. Ça nous aiderait.

— Okay. Mais vous avez une sainte manie, dans cette famille. Celle de décider pour les autres. À leur place. Vous avez cette mauvaise manie. »

Elle avait entièrement raison. En tout cas, il ne regrettait pas d'être venu. Cette visite se révélait complètement positive. À différents points de vue. Mais ça, cette mauvaise manie qu'ils avaient, elle avait entièrement raison. Il le lui accordait bien volontiers.

En repassant dans le salon, il jeta un coup d'œil sur Joël qui gisait sous un drap comme un triste légume, mais il se garda de faire des commentaires. Le tableau était surréaliste. Il devint délirant lorsque Odile se pencha sur Joël et lui changea sa poche urinaire. Mais quoi dire ? Quoi faire si elles en étaient arrivées à ce stade ? Pouvait-on encore discuter ?

Ça ne donnait pas envie d'avoir des enfants. Le jour se levait vite, comme si besoin était de sortir d'un rêve, mais les deux filles semblaient résolues.

« Il ne va pas rester comme ça, lui déclara-t-elle. Son état va s'améliorer. Petit à petit.

— Je l'espère pour lui, dis donc. Et vous lui donnez à manger ? Vous lui donnez à la cuiller ?

— On lui passe tout au mixer, opina Odile. On le lave, on le coiffe, on lui fait les mains. On s'occupe de lui un maximum. On lui fait la lecture, on l'habille, on le sort, on lui fait écouter de la musique. »

Il fit une pause au milieu du pont que l'aube enflammait et qu'empruntait un convoi de l'armée désormais chargée d'évacuer le plus gros des détritus jonchant les rues ainsi que d'assurer le maintien de l'ordre dans quelques quartiers excentrés, malheureusement bâtis sur de l'inondable lors de la fulgurante croissance de la ville. Il reprit son souffle. Clignant des yeux dans la splendide lumière, il appela son frère pour lui annoncer que le message était passé mais qu'il avait eu tort de ne pas y être allé lui-même.

« Elle a clairement laissé entendre que c'était ce qu'elle désirait. »

Marc ne répondit pas. David en profita pour examiner le fleuve qui rentrait doucement dans son lit, quoique une large part des alentours fût encore immergée – même s'il ne s'agissait parfois que d'une vingtaine de centimètres. Toute cette eau qui n'avait pas lavé mais sali, qui laissait derrière elle des tonnes de boue, des tonnes de mobilier, qui tournait l'humeur des gens dans un sens puis dans un autre et les laissait perplexes. « Elle est un peu exigeante, non ? soupira Marc. Elle pousse pas un peu ? »

Bradge pleurait en silence. Le docteur Nicolas Bradge, qui en avait pourtant beaucoup vu, pleurait comme un enfant. Il avait bondi de son lit, quelques heures plus tôt – après que Victor l'eut informé des dernières nouvelles –, et foncé à la clinique pour préparer l'accueil d'Irène – « relativement marquée par l'épreuve » selon la police.

Le cœur de Bradge était en mille morceaux. Non qu'il fût encore amoureux d'Irène ainsi qu'il le prétendait sans détour en lui baisant ostensiblement la main dès qu'ils se trouvaient en compagnie, mais le spectacle qu'elle offrait faisait mal.

À présent qu'elle s'était endormie et qu'il avait terminé son travail, il pleurait.

Il lui avait réservé la meilleure chambre.

Victor avait eu un mouvement de recul en l'apercevant, son visage s'était décomposé. Il y avait de quoi. Ce n'était pas très glorieux de la part de celui-ci, mais il y avait de quoi sentir une poigne glacée vous étreindre le cœur au premier coup d'œil jeté sur elle. Bradge en convenait. Mais il avait repoussé tout le monde et refermé la porte dans son dos. Décision sans appel. Sur ordre médical. Personne. Il préviendrait quand ils pourraient entrer. Personne signifiait *personne*. Il actionna le verrou.

Il retrouva les plaies qu'il avait soignées sur le visage de Victor, la lèvre fendue, l'œil poché, le nez cassé, mais aussi les pieds blessés, les plantes de pied ouvertes, les bras et les cuisses griffés, contusionnés, meurtris. La copie conforme. Laver, nettoyer, panser tout ça leur prit une bonne heure. Elle se laissa faire. Dans un état second. Elle l'aidait à peine, ne disait rien, ses lèvres tremblaient mais elle ne disait rien, elle était ailleurs. Il la déshabilla et l'installa sur un tabouret, dans la salle de bains, et fit couler sur elle un filet d'eau tiède.

Il ne disait rien, lui non plus. Il n'avait pas trop de

difficulté à imaginer le genre d'histoire dont elle sortait. Nul besoin d'avoir son diplôme. Elle vida la moitié du flacon de savon liquide en direction de son entrejambe qu'elle savonna et rinça copieusement à plusieurs reprises.

Il l'avait séchée, tamponnée, serrée quelquefois dans ses bras, perfusée, lui avait administré un calmant. Le jour n'était pas encore levé. Les yeux d'Irène déjà papillottaient.

Propre, coiffée. Lavée du sang, de la saleté, des particules de forêt. Irène, de nouveau, malgré le visage tuméfié, la lividité et la méchante blouse vert amande dont il avait fini par la vêtir après avoir achevé sa besogne.

Bradge avait subi quelques petites interventions pour conserver un visage lisse, et, dès lors, il n'était pas toujours facile de lui attribuer une expression précise, mais les deux ruisseaux qui couraient le long de ses joues n'exprimaient certes pas la joie. Elle s'était endormie en lui tenant la main tandis que ses larmes explosaient sur ses Weston.

Vers huit heures du matin, il les laissa entrer et se retira prestement dans son bureau, à l'autre bout du bâtiment, côté parc. Il laissa la pièce dans la pénombre, flotter dans l'aube encore incertaine. À sa fenêtre, de hauts sapins noirs découpaient le ciel mauve, silencieux.

« À ce que je vois, tout le monde s'occupe d'elle, fit Valérie Ardentropp en suivant du doigt, sur la vitre, leur silhouette en dents de scie. Tout le monde est à ses petits soins, à ce que je vois. »

Il soupira. Une terrible fatigue s'était abattue sur

lui après qu'il se fut occupé de la toilette d'Irène et des maigres soins qu'il avait pu lui prodiguer, maigres au regard de la véritable blessure qui la transperçait de part en part. Il ne se sentait pas d'humeur à entamer une conversation, quelle qu'elle fût, avec Valérie Ardentropp – qui se promenait pour l'heure, dans les couloirs, en sous-vêtements couleur chair. « Oui. Tout le monde est à ses petits soins, répondit-il sans même lever les yeux sur elle. Irène est à demi morte. Veux-tu réfléchir un peu à ce que tu dis, espèce de pauvre folle ? Regarde-toi. As-tu seulement songé à t'habiller correctement ? As-tu décidé de me faire rayer de l'Ordre ? Bien entendu, nous sommes à ses petits soins. Nous sommes dans une clinique. Je suis docteur. Elle ne tenait même plus sur ses jambes. Si nous sommes à ses petits soins ? Mais qu'est-ce que j'entends ? Mais je rêve. »

Tandis qu'il s'emportait, accroché aux accoudoirs de son fauteuil à roulettes, elle posa une fesse sur le bureau et lui saisit la jambe. Il n'en fronça pas moins les sourcils car sa tristesse était bien réelle. Irène avait écopé, se disait-il. Réellement. Irène avait écopé. Il en avait la gorge encore nouée.

Il baissa les stores vénitiens dès que le soleil vint frapper la façade. Des feuilles d'or s'envolèrent et retombèrent sur le mobilier et les personnes. « Et c'est le moment qu'ils ont choisi pour se déchirer, lâcha-t-il d'une voix sourde. Peux-tu croire une chose pareille ? Celui-là et pas un autre. »

Elle lui ôta son mocassin qu'elle laissa choir sans plus de cérémonie. « J'ai été sa secrétaire depuis le début, fit-elle. Je sais de quoi il est capable. » Elle lui retira sa chaussette.

« Toute la bande était réunie, continua-t-il en basculant la tête en arrière. Seigneur Dieu. Elle n'a pas besoin de ces mines d'enterrement. Quant à toi, sors dans cette tenue encore une fois et je te fais enfermer dans ta chambre. Nous sommes bien d'accord ? »

Elle prit un air outragé et enfourna le gros orteil de Bradge dans sa bouche.

Deux ou trois jours plus tard, ils réussirent, au prix d'une matinée entière de marchandage au téléphone, à mettre la main sur une entreprise de nettoyage – elles travaillaient toutes du matin au soir, de bien avant l'aube à minuit, voire plus, depuis que le niveau baissait, en particulier dans la zone industrielle où la moindre surface à frotter, à récurer, à rincer, se comptait en milliers de mètres carrés.

Au petit matin, une douzaine de travailleurs étrangers débarqua chez Mercedes armés de jets, de seaux, de serpillières et de raclettes de caoutchouc. Les trois quarts bâillaient encore ou se frottaient les yeux et parlaient une langue incompréhensible.

La veille, tous les véhicules avaient été enlevés, toute l'électricité vérifiée de fond en comble, et tout ce que l'on avait stocké à l'étage redescendu. Une vraie euphorie régnait parmi le personnel – en particulier chez Béa qui, à l'entendre, un jour de plus et aurait basculé dans la dépression et qui prit la tête des opérations, côté bureaux, avec l'assurance et l'énergie qu'on lui connaissait.

« Ouf », semblaient-ils dire tous, mécanos, dactylos, vendeurs, tandis que des fanions neufs claquaient au vent et que leur gagne-pain ressurgissait de terre, comme par miracle, plus magnifique encore qu'il n'avait jamais été.

Lorsque les nouveaux modèles arrivèrent le lendemain, le hall d'exposition paraissait aussi net qu'un bloc opératoire.

Le déchargement et la mise en place durèrent jusqu'au soir. Marc et David étaient sur les genoux au terme de ce remue-ménage qui durait depuis des jours. Totalement lessivés. Ne dormant que quelques heures – rentrant le soir auprès de femmes qui avaient aussi leur tempérament. Donnant un coup de fil à gauche, un coup de main à droite, grimpant sur un escabeau afin de régler un projecteur, écumant la ville pour faire imprimer des flyers en vue de la réouverture, se rendant à une vente, évaluant, achetant, déjeunant avec un banquier, bref courant dans tous les sens. Mais les choses avaient avancé. Ils étaient satisfaits. Et ceci compensait cela. L'enthousiasme qui régnait sur la concession, la résolution des tracas successifs qui s'étaient manifestés compensaient d'autres déconvenues, d'autres aspects plus sombres de la situation.

C'était comme s'ils n'avaient plus de père. Soit. Ce n'était pas très agréable à digérer mais tout finirait par se payer, déclarait Marc tandis que David, faisant la moue, répliquait qu'il n'était pas plus étonné que ça.« Ce type ne s'est jamais occupé de nous. Je veux dire, on était *transparents* pour lui. Ça t'étonne ? Moi, je ne suis pas étonné. »

Quant à leur mère, ils s'absentaient du garage

dans la soirée et lui rendaient visite. Ensuite, ils retournaient d'où ils venaient et c'était reparti jusque tard dans la nuit et la machine à café fumait et les passants hochaient la tête – et se disaient : « Ça chauffe chez Mercedes. Ils font valser les heures sup', ces connards. »

Irène était en piteux état. Elle avait beau prétendre que ça allait, ils avaient l'impression qu'elle n'était pas réellement revenue sur terre. Son agresseur ne s'était pas montré tendre avec elle. Quelque chose en elle continuait de souffrir, de brûler comme un feu mal éteint et qui couve, malgré ses dénégations. Ses blessures physiques s'avéraient secondaires, de même que quelques déchirures intimes heureusement sans gravité, mais quasiment inévitables dans ce genre de situation – lorsque l'on a affaire à un dément.

« Mes fils chéris », avait-elle soupiré en étreignant Marc d'un côté et David de l'autre. « Mes fils chéris. » Elle n'avait rien dit de plus.

Ils avaient eu envie d'étrangler cette vieille catin qui suivait le premier homme venu dans sa camionnette ainsi qu'Olivier De Watt le leur avait expliqué en choisissant ses mots, après avoir parlé avec elle, après avoir obtenu le fin mot de l'histoire, mais Irène faisait tellement pitié avec ses pansements, ses contusions, sa perfusion, ses cheveux dont il manquait sans doute quelques poignées, sa voix faible, ses tremblements, aussi infimes fussent-ils, que les deux frères en oublièrent leurs reproches et lui prirent une main chacun en mettant l'accent sur la joie et l'incroyable soulagement qu'ils ressentaient à la retrouver en vie, sans doute en petite forme, sans doute fatiguée, mais bientôt, bientôt d'aplomb sur ses jambes.

Ils en avaient parlé, une fois seuls, avalant une pizza vers minuit tandis que des types casqués, grimpés sur des échelles, déployaient en bas, dans le hall d'expo, une gigantesque photo de la SLR McLaren, la Flèche d'Argent, et la fixaient aux quatre coins au moyen de câbles réglables.

« La seule bonne nouvelle, fit Marc, c'est qu'il doit être vert à l'heure qu'il est. Je parie qu'il doit être en train de s'étrangler. Sa chère et tendre s'envoyant en l'air dans le fond d'une infâme camionnette, voilà qui doit lui faire du bien, fier comme il est. Voilà pour le côté positif. »

Debout à leurs côtés, Béa, morte de fatigue, les yeux injectés de sang, perchée sur ses talons hauts multicolores, Béa souriait dans le vague durant la pause qu'ils s'étaient accordée maintenant qu'ils touchaient au but – tout serait fin prêt dans quelques heures et chacun pourrait alors aller se coucher et soupirer d'aise en songeant au travail accompli, mené à terme à l'issue de ce marathon – d'une autre espèce que celui qui s'était hier transformé en déluge, changeant les rues en canaux et les terrasses en piscines, et qui finissait par taper sur le système.

Elle avait ses problèmes de son côté, avec sa sœur, si bien qu'elle ne portait qu'un mince intérêt à leur conciliabule et aurait vendu son âme pour un lit et des draps frais. D'où il ressortait qu'un bon psy devenait sans doute nécessaire pour leur mère – à défaut d'un bracelet électronique.

Marc estimait qu'il fallait s'en préoccuper sans attendre car elle risquait de trouver la maison un peu grande à son retour, de la trouver très grande, même, avec ses chambres vides, ses placards déserts. Savoir Victor dans les parages n'était pas suffisant. « Et puis son empressement autour d'elle... son empressement... Pathétique, non ?

— Écoute, ça va. Ne nous occupons pas de ça.

— Ça ne te gêne pas ? Il se barre et il revient pour la baiser, ça ne te gêne pas ? Comme s'il avait encore un droit. Est-ce qu'il a oublié ? En tout cas, moi je n'ai pas oublié. Pendant combien de temps a-t-elle pleuré ? Un mois ? Deux mois ? Sans recevoir le moindre coup de téléphone ? »

David haussa vaguement les épaules. L'observant, dans un état de semi-conscience lié à la somme des efforts qu'elle avait fournis ces derniers temps, Béa désespéra de connaître un jour la paix et la complétude en ce bas monde, où les meilleures places étaient déjà prises, les méchants récompensés et les gentils punis.

Au moins, elle les avait dans la journée, se disait-elle. Tous les deux. Pour elle. À cette seule pensée, ses lèvres s'humectaient. Elle détestait les week-ends, les jours fériés. Si elle avait compté ses heures supplémentaires, elle serait devenue riche.

Sur l'avenue, des convois militaires se croisaient, transformés en dépotoirs ambulants, jusque tard dans la nuit. Elle leur apporta du café. Elle n'en pouvait plus mais elle se sentait heureuse, finalement – malgré Martine et son suicide manqué. Car que demandait-elle ? Que demandait-elle de plus que d'être avec eux, même s'ils la privaient de rapports charnels ? Jusqu'où serait-elle allée pour conserver cet inestimable privilège ? Parfois, la réponse à cette question prenait des allures effrayantes, mais qu'y pouvait-elle ?

« Je n'ai pas envie d'avoir ce problème sur les bras, déclara Marc. Je n'ai pas envie d'apprendre qu'elle est partie au bras du premier type venu frapper à sa porte. J'ai d'autres chats à fouetter. Les activités sexuelles de ma mère ne m'intéressent pas. Je peux même dire qu'elles m'emmerdent. Je trouve ça navrant.

— Ne dites pas du mal de votre mère, lui souffla-t-elle en passant dans son dos pour préparer d'autres espressos. C'est comme de faire le signe de la croix à l'envers.

— Écoutez, Béa, si elle n'est plus capable de se tenir tranquille, on fait quoi ? On attend de la retrouver égorgée dans un squatt ? »

Lorsqu'il se comportait de manière un peu sèche avec elle, c'était simple, elle n'avait plus qu'à changer ses sous-vêtements. L'affaire était sans appel. Autant un geste de sympathie de la part de David la faisait chavirer, autant la brusquerie de Marc la liquéfiait sur place. Un véritable calvaire pour une fille qui n'aimait pas se laisser marcher sur les pieds – mais ces deux-là étaient tellement à son goût, tellement au-delà de tout ce contre quoi l'on peut encore lutter que mieux valait en rire. Elle secoua doucement la tête. De l'autre côté des vitres, des types en combinaison blanche repeignaient le revêtement du parking à la lumière de puissants projecteurs, en vert gazon, tandis que la lune se levait au-dessus des immeubles, de l'autre côté de l'avenue, les découpait comme une guirlande taillée en escalier.

« Bradge prétend que ce n'est pas si rare, fit David en se frottant vigoureusement les bras. Loin de là. Avec tous les produits qu'ils prennent, aujourd'hui. De quoi redonner vie à un bataillon de momies, vieux. Plus personne ne veut mourir, aujourd'hui.

— Ça m'est égal. Il n'a qu'à nous trouver quelqu'un. C'est lui le médecin, après tout. C'est bien lui qui se vantait de prendre cette histoire de ménopause en main. Qu'il se démerde. Qu'il nous envoie le meilleur, Victor paiera. Enfin quoi, ça doit pouvoir se soigner ce genre de... ce genre de... »

Béa se pencha par-dessus son épaule et lui déclara : « Si vous étiez une femme, David, ce que je ne souhaite pas, bien sûr, mais si vous étiez une femme, vous sauriez, vous éprouveriez la force de ce sentiment de liberté qui vous saisit, passé un certain âge. Comme cela peut être enivrant.

— Béa, par pitié, épargnez-nous vos salades. »

Comme d'habitude, elle se réfugia derrière une mine pincée. Mais, en vérité, c'était comme s'il lui tordait un sein ou la mordait dans la nuque ou la griffait ou la tenait par les cheveux. Un pur délice. Parfois, elle devait jouer l'offusquée afin de pouvoir tourner les talons et reprendre ses esprits dans les toilettes et réparer les dégâts.

Elle afficha son mécontentement en se laissant choir dans un fauteuil devant lui, sa courte jupe à la doublure soyeuse lui remontant dès lors franchement en haut des cuisses, ne masquant pratiquement plus rien.

Après ça, elle fit l'étonnée. Quand il lui demanda,

quelques secondes plus tard, au terme d'un silence tendu, ce qu'elle fabriquait *au juste*, elle feignit de prendre seulement conscience du chaud spectacle qu'elle offrait et, s'excusant du bout des lèvres, consentit à tirer sur la pièce d'étoffe récalcitrante qui dévoilait outrageusement ses charmes – avant que le petit chou ne se trouve mal.

« En tout cas, je vais être bien clair là-dessus, reprit Marc. Je ne vais pas leur consacrer tout mon temps libre. J'ai autre chose à faire. J'ai quarante ans. Désolé, mais je n'ai pas la vocation, désolé. »

David acquiesça. Lui non plus ne l'avait pas, la vocation. Il n'avait pas davantage celle de père ou de mari, si bien qu'il avait par moments l'impression de jouer dans quelque sombre et improbable farce. « Tu as raison. Il se trouve que nous avons nos vies, désormais. » Il pencha la tête en arrière et s'administra quelques gouttes car ses yeux l'irritaient encore – cette maudite femme ne l'avait pas loupé. « Il se trouve que nous n'avons pas que ça à faire, poursuivit-il en clignant des yeux tel un forcené. Et disant cela, je suis encore loin du compte. Je suis très loin du compte. Non, Béa, blague à part. Marc a raison, ce n'est vraiment pas le moment.

— Oh ça, bien sûr, ce n'est jamais le moment. Je suis parfaitement d'accord avec vous. J'ai ce genre de problème avec ma sœur. Mais je lui ai dit *Martine, tu ne peux pas me demander ça, tu ne peux pas t'accaparer toute une part de ma vie, c'est intolérable.* Je crois qu'il faut être clair dès le départ. »

Marc opina. « Toujours pas de nouvelles de son mari ?

— Aucune.

— À la seconde où j'ai croisé son regard, j'ai su que ce type avait une case de moins. A-t-elle reçu nos fleurs ? Mais où a-t-elle bien pu aller chercher qu'un homme méritait qu'on meure pour lui ? Elle est quand même un peu spéciale, non ?

— Trop sentimentale, bien sûr. C'est le défaut dans la famille. »

Pendant ce temps, David répondait à Josianne que non, il n'avait pas encore eu le temps de s'occuper de sa Mini Cooper S décapotable. Mais qu'il allait le faire. « Détrompe-toi. Je n'y mets aucune mauvaise volonté. Tu es sûre de la vouloir rouge et blanc ? »

À lui aussi, il tardait de reprendre le travail. Depuis son mariage, il semblait que le monde tel qu'il le connaissait s'effritait – et retombait en poussière devant ses pieds. Il était temps d'arrêter le massacre. Et rien ne valait une vie bien réglée pour commencer, rien ne valait de foutus horaires de bureau pour partir à la reconquête d'une terre solide. Le chaos qui s'était installé depuis que le garage avait fermé ses portes démontrait la justesse de l'analyse et poussait à retrouver de solides repères, basés sur des choses simples, incontestables. Les quelques jours passés en tête à tête avec Josianne et Géraldine avaient été formidables. L'appartement leur plaisait, ils s'y sentaient fort bien, la piscine et les chaînes câblées n'avaient rien gâché – non plus que la vue panoramique et de bonnes enceintes pour écouter *More Music for Films* de Brian Eno tandis que le soir tombait, en particulier « Roman Twilight » en boucle.

Mais cela ne paraissait avoir aucune espèce de réalité. Les heures succédaient aux heures comme de la morphine en chapelet. Comment faire le point, dans ces conditions ? Comment y voir quoi que ce soit ? Il voulait se remettre à courir de bon matin, prendre une douche, partir au boulot, lire son journal, écouter un peu de musique avant de s'occuper de vendre des voitures... mener une vie normale après tout, et certainement pas se figer sur le seuil de la chambre, perplexe, tandis qu'elles sautaient bruyamment sur son lit, ou errer puissamment au bord de la piscine avec un pot de crème solaire à la main, ou entamer un Scrabble en plein après-midi, traîner dans cet étrange et fade no man's land comme dans un dimanche qui n'en finirait pas, ça non, il n'en avait aucune envie.

Donc, il était temps. Pour beaucoup de monde. Cette période de flottement – que les inondations avaient soulignée de façon grotesque – promettait d'arriver très prochainement à terme et chacun s'en félicitait, plus ou moins ouvertement, plus ou moins sciemment. Pendant que Marc et Béa établissaient le planning du lendemain dans un dernier sursaut, David sortit une photo de Josianne et la plaça sur son bureau. C'était ce qu'il avait de mieux à faire. En attendant que les choses rentrent dans l'ordre. D'autant que Josianne était une vraie beauté, toujours aussi mince. Là où d'autres ne se privaient pas pour prendre vingt kilos, Josianne conservait une silhouette de rêve, ventre plat, belle poitrine et postérieur de princesse – David développait une véritable aversion pour les fesses plates, difficile de bander sur des fesses plates, difficile de trouver plus chiant, avait-il pour habitude de répéter.

Il n'était pas aveugle. Il se demandait lequel des deux en parlerait le premier. Lui-même n'était pas fixé sur le sentiment dominant qu'il éprouvait à ce propos – la joie de ne pas être père, le cas échéant, lui paraissait obscène, la joie attisait la culpabilité, comment pouvait-il se réjouir que le ventre de Josianne ne s'arrondît pas, comment pouvait-il être aussi lâche ?

Mais il n'en oubliait pas pour autant les raisons pour lesquelles il l'avait épousée.

À présent, Marc expliquait à Béa que leur père n'était plus leur père et que leur mère se trouvait en mauvais état. Elle hochait légèrement la tête. Comme confidente, Béa se classait au sommet de la liste. « C'est un peu trop, pour moi. C'est *juste* un peu trop pour moi, Béa, vous comprenez ? Alors je dis stop. Je dis arrêtons les frais. L'idéal serait de les parquer dans un enclos. Chacun le sien, bien entendu.

— Mais aussi, ils nous poussent à cette extrémité.

— Je veux, qu'ils nous poussent à cette extrémité. Je veux. Ce serait des enfants, on dirait qu'ils ne savent plus quoi inventer. »

Quelques lumières brillaient alentour. Quelques enseignes clignotaient. L'éclairage public fonctionnait de nouveau et l'ardeur des insectes attirés par les lampadaires semblait décuplée au sortir de ces terribles nuits obscures. Les voitures circulaient à présent sur la plupart des grands axes. On ne trouvait plus une seule paire de gants en caoutchouc dans toute la ville. Plus une éponge. Les serpillières valaient plus cher que la soie. Un seau en bon plastique plus cher qu'un sac Vuitton. Peu importait la couleur.

# 6.

Édith prétendit qu'elle devait rencontrer une femme unijambiste pour le prochain portrait – genre Aimee Mullins – qu'elle préparait pour *City*. On avait retrouvé Irène deux jours plus tôt et Marc était si préoccupé par cette histoire, de même que par la trahison de son père, qu'il n'avait guère prêté attention aux détails qu'elle aurait sans doute été en peine de fournir.

Ce matin-là, Marc se leva héroïquement – réveillé au milieu de la nuit par une famille de renards chahuteurs et affamés descendue des bois, il en avait profité pour gratifier Édith d'une solide étreinte et n'avait pas dormi plus de quelques heures – avant l'aube. Elle l'écouta aller et venir dans la maison, sentit l'odeur du café se répandre et sous sa main le foutre séché qui avait empesé le drap-housse. Elle se laissa flotter et faillit se rendormir jusqu'au moment où elle entendit claquer la porte d'entrée puis ronfler le moteur du roadster.

Il s'agissait là du premier mensonge qu'elle lui faisait depuis qu'ils s'étaient mis ensemble. Elle se frotta les yeux. La voie était libre. Elle se doucha, avala un café, enfila un blouson léger et se mit au volant de la Saab pour environ trois heures de route, trois heures bien tassées.

Un demi-mensonge. L'unijambiste existait bien et constituait le sujet de son prochain portrait. Une douzaine de feuillets. Mais un mensonge quand même – elle roulait à présent dans la direction opposée, vers l'ouest, fonçant au milieu d'un océan de sapins, ou tantôt de hêtres ou de marronniers.

À quelques jours près, elle respectait son engagement. Et pourrait annoncer la bonne nouvelle concernant sa phobie, presque entièrement maîtrisée aujourd'hui et pourtant soumise à rude épreuve, à l'épreuve maximum, à l'ultime épreuve de l'encerclement total, à perte de vue, sur des kilomètres et des kilomètres. Pas la moindre rougeur cependant, pas le moindre bouton de fièvre, aucune démangeaison, pas le moindre signe d'étouffement. Elle allait sans aucun doute les bluffer. Blaine, en particulier. Blaine allait devoir admettre qu'elle s'en tirait plutôt bien et qu'il avait eu raison de la laisser sortir. Il serait fier d'elle.

La matinée était chaude et claire. La dernière fois qu'elle avait emprunté cette route, Marc l'avait demandée en mariage. Elle vivait désormais avec lui, au bord d'un fleuve. Sonia avait un père. David avait son infirmière. Simplement, les choses se passaient ainsi. Le paysage défilait de chaque côté, derrière les vitres, les glissières étaient là pour rappeler qu'on ne pouvait pas faire n'importe quoi.

Elle mentit également à Sonia qui cherchait à la

joindre pour discuter de certains aménagements dans la maison. Elle dit : « Nous ne pouvons pas en parler maintenant. Je suis en rendez-vous », pour gagner du temps. Elle regarda son portable une seconde, légèrement grimaçante, et le jeta brusquement sur le siège du passager.

Cette histoire de travaux dans la salle de bains paraissait complètement dingue. Elle n'était même pas sûre d'avoir tout compris. Mais quoi qu'il en soit, elle ne pouvait y réfléchir pour l'instant. Elle trouverait un moment plus creux pour examiner les derniers desiderata de sa fille – et avec un peu de chance, d'ici là, peut-être Sonia aurait-elle trouvé quelque chose *d'encore plus insensé* à proposer, par exemple faire installer une rampe électrique pour monter Joël et son fauteuil à l'étage, enfin bref, elle ne voulait pas y penser. Les problèmes liés à Joël, à sa folle prise en charge – aucune personne sensée ne s'y serait collée –, attendraient.

Comme elle roulait toutes fenêtres ouvertes, un tourbillon ronflant traversait la voiture. Elle s'arrêta pour faire le plein et acheter de l'eau et s'attacher les cheveux.

Les filles de la réception et quelques infirmières vinrent l'embrasser et prirent de ses nouvelles. Intérieurement, elle tremblait un peu. Les différentes saisons qu'elle avait passées entre ces murs planaient au-dessus de ses épaules et planeraient sans doute ainsi jusqu'à la fin de ses jours. Le soleil brillait, mais elle avait également connu cet endroit sous la neige, par temps gris, quand les promenades se trouvaient suspendues jusqu'à nouvel ordre ou qu'on était sanglé sur un lit pour une raison *x* ou *y*.

Puis elle monta au bureau de Blaine, mais il était endormi sur son canapé – il avait simplement ôté ses chaussures et relevé ses lunettes sur son front. Elle regarda sa montre.

Elle redescendit après avoir jeté un rapide coup d'œil sur le parc, les arbres centenaires, les malades lâchés dans toutes les directions – pour ceux qui tenaient sur leurs jambes et n'étaient pas jugés vraiment dangereux. Elle déclara qu'elle revenait dans une heure.

Elle mit le cap sur son ancienne maison. Il n'était jamais trop tard pour récupérer quelques caisses de bouquins – jamais trop tard pour remettre la main sur les vingt dernières années de sa vie, d'une manière ou d'une autre. Tous ces fabuleux romans qu'elle avait lus. Elle avait besoin de les avoir près d'elle. Il fallait parfois trouver des choses sur lesquelles on pouvait s'appuyer, qui résistaient à tout. Et, une fois trouvées, il valait mieux les garder près de soi si l'on souhaitait profiter de leur pouvoir magique, les garder à portée de la main, les Roth, les Faulkner, les Martin Amis, les Nabokov, les Ellis.

Il était environ une heure de l'après-midi. Paul luttait contre une rage de dents à tout casser. Il voulait de la glace. En voyant Édith, il se livra dans la foulée à une sévère critique des capacités de Sylvie, sa jeune petite amie, pas même foutue d'alimenter les bacs à glaçons au fur et à mesure tellement sa cervelle s'avérait minuscule.

Celle-ci leva un œil de son magazine et adressa un vague signe à Édith.

« Et regarde-moi ça, poursuivit Paul en indiquant le désordre du salon. Elle me fout un de ces bordels... Je commence à en avoir marre. Il faudrait que je sois toute la sainte journée à ranger derrière elle. *Dans mon putain d'état. Je commence à en avoir marre.* »

Le fait est que beaucoup de choses traînaient par terre ou étaient abandonnées au petit bonheur, sur la télé, sur les enceintes, sur un abat-jour, sur le dessus-de-cheminée, en équilibre sur une potiche, etc. Néanmoins, il n'y avait plus rien, dans cette maison, à quoi Édith tînt particulièrement, rien qui méritât d'être sauvé du délabrement que Paul et son amie orchestraient depuis son départ. C'était dans cette maison que Sonia avait grandi, qu'elles avaient constitué une espèce de famille avec Paul, mais il n'en restait plus rien. Constat légèrement déprimant, elle en convenait.

Mais les bases sur lesquelles ils étaient partis, vingt ans plus tôt, n'auguraient pas d'une passion mémorable qui aurait imprégné les murs aussi bien qu'à tout jamais l'atmosphère. Ils n'allaient pas jouer dans cette catégorie, forcément.

Avec un peu de chance, ils auraient pu devenir amis, mais leurs rapports s'étaient plutôt détériorés avec le temps. Paul écrivait des scénarios et se prenait pour un écrivain. Une grande partie des problèmes venaient de là, de ce penchant à se surestimer qu'il avait développé au fil des ans. Il aurait pu y avoir de l'affection mais il n'y avait rien de tout ça.

« Je n'arrête pas de lui dire de se faire soigner, déclara Sylvie sans relever la tête.

— Occupe-toi de me fournir de la glace. Concentre-toi sur cette tâche. »

L'ambiance n'était pas fameuse mais Édith ne comptait pas s'éterniser.

« Je sais ce que tu penses, marmonna Paul après que Sylvie eut décidé d'aller poursuivre sa lecture dans le jardin. Ne te donne pas la peine de m'expliquer ce que je sais déjà. Ne me prends pas la tête, okay ? J'ai assez de cette petite merdeuse pour me taper sur les nerfs, okay ?

— Je croyais que tu étais fou d'elle.

— Je le suis. Ça ne change rien. Tu connais une vie, toi, qui ne soit pas une tragédie ? »

Il expliqua que désormais, il n'avait plus deux dents mais trois qui bougeaient. Que par moments, la douleur était si forte qu'il en pleurait. Trois dents qui bougeaient. À son âge. Pourquoi le ciel ne lui tombait-il pas sur la tête ?

L'apitoiement sur soi, voilà surtout ce qui venait avec l'âge, se disait Édith. Pleurer sur son sort constituait l'exercice le plus volontiers pratiqué par son ex-mari qui voyait les plus importants projets lui passer sous le nez et devait se contenter, la plupart du temps, de séries B ou de feuilletons télé qui nourrissaient à peine leur homme et piétinaient sa fierté, sans même parler de ses ambitions d'écrivain.

Paul était un vrai perdant. Baiser de toutes jeunes filles constituait sans doute le dernier point de résistance à l'effondrement total, la dernière preuve de son désir d'en découdre, la preuve qu'il était encore assez bon pour les avoir jeunes et jolies, extra-fraîches, ordinairement réservées à l'élite – fussent-elles flanquées du pire sale caractère qui soit.

Il en devenait parfois attendrissant, tant de sympathique veulerie ne pouvait laisser insensible.

« Pourquoi ne te fais-tu pas soigner une bonne fois pour toutes ? Sur quel ton doit-on te le dire ? Tu es vraiment stupide, tu sais. Ta joue a bientôt doublé de volume. Tu es magnifique. Continue comme ça et tu finiras aux urgences, je te le promets. C'est ça ? C'est ce que tu veux ? »

Il se laissa choir sur le canapé en grimaçant. « Qu'est-ce que tu crois ? Qu'on va m'en faire cadeau ? Qu'on va me les changer gratuitement ? Je n'ai pas les moyens de ton vendeur de voitures, figure-toi. Même à l'époque je ne les avais pas. J'ai eu du mal à baiser ce connard méprisant mais je l'ai baisé, entre parenthèses. Et comment, je l'ai baisé. Ah ! ah ! ah ! ah !

— Paul, est-ce que tu cherches à m'impressionner ? Est-il possible que tu en sois encore là ?

— Sans problème. Je ne vois pas en quoi le rappel de certain fait serait occulté. Je n'ai pas tellement aimé la manière dont il me regardait, légèrement méprisant, ce pauvre fils de pute. Je n'avais pas eu l'occasion de t'en parler, alors voilà, je le fais, j'en profite. Je ne vois pas pourquoi je me gênerais. Quoi, je n'ai pas le droit de l'appeler *fils de pute* ?

— Pourquoi prends-tu cet air de parfait imbécile, tout à coup ? La douleur t'égare ?

— Je dois faire quoi, à ton avis ? Le remercier ? » Il s'interrompit une seconde pour la considérer puis reporta de nouveau les yeux sur les alentours. « Non, mais regarde-moi ce bordel. Terrible. Vertigineux, non ? Je n'étais pas préparé à ça, je ne te le cache pas. Je n'hésite pas à te le dire.

— Mais qu'est-ce que tu me chantes ? Arrête de jouer l'idiot, veux-tu ?

— Je mérite un minimum de considération, okay ? Je n'apprécie pas d'être jeté comme ça, il faut bien que je te le dise. Tu m'excuseras, mais je n'apprécie pas.

— Est-ce que tu as conscience que tout ça remonte à l'Antiquité ? Que tu en es encore à ruminer des histoires d'étudiants, des histoires de ce niveau vingt ans après ?

— Merde, mais tu es venue pour quoi, au juste ? Me harceler ? Tu crois que j'ai besoin de ça ? L'autre n'est même pas foutue de m'apporter des glaçons, et toi, tu cherches quoi, tu cherches à m'humilier ? Je ne souffre pas assez comme ça ? Tu viens assister à mon agonie ? »

Ils pénétrèrent dans l'ancienne chambre de Sonia qui servait à présent de garde-meuble pour les deux femmes – et donnait pour un temps à Édith l'occasion de participer aux frais de la maison dont la charge écrasait ce pauvre Paul qui n'était jamais levé avant midi.

« Ça me fera quelque chose, déclara-t-il devant la pyramide de cartons, le jour où cette chambre sera tout à fait vide. Sincèrement. Ça me fera quelque chose. Nous avons fait un bout de chemin ensemble, ce n'est pas mentir que de dire ça. Tu as passé moins de semaines avec lui que d'années avec moi.

— Ne m'en parle pas. Le monde est si mal fait. »

Il l'aida à transporter quelques caisses dans la Saab. Certes, un arrangement était un arrangement, songeait Paul, mais il se sentait amer, cependant. Relativement amer. Au fond, d'un certain point de vue, Marc finissait par ramasser toute la mise.

« Comment peux-tu proférer de telles stupidités », soupira-t-elle.

Il ricana. « Peut-être des stupidités *pour toi...* Quelle chance m'as-tu laissée de grimper dans ton estime ? Je me pose ce genre de questions quelquefois. Si je n'ai pas fait un marché de dupes.

— Tu m'as baisée pendant vingt ans et tu appelles ça un marché de dupes ? Paul, mon dieu, mais quelle délicatesse. C'était donc si horrible ? Je suis une si mauvaise affaire que ça ? »

Paul grimaça et réfléchit en regardant autour de lui et son regard se posa sur Sylvie qui se balançait dans le hamac de façon langoureuse, en tous points physiquement parfaite et extrêmement aguichante. « La question n'est pas là, répondit-il. N'essaye pas de noyer le poisson. Ne fais pas celle qui ne sait pas. »

Il resta quelques secondes immobile, la moitié du visage déformée par l'inflammation. « Arrangeons-nous pour ne pas perdre le contact, fit-il. Je compte sur toi. Après tout, c'est la seule chose qui importe, pas vrai ? Je refuse de nier les bons moments que nous avons eus, ne me demande pas ça.

— Je ne t'ai jamais rien demandé de semblable. Ça ne m'a jamais effleurée. »

Il posa une main sur l'épaule d'Édith. Le genre de

geste qu'ils n'avaient pas l'habitude d'échanger, qui ne rimait pas à grand-chose dans leur cas – si l'on considérait objectivement le sentiment fade qui les unissait, qui avait enveloppé le couple qu'ils avaient formé, disons une espèce de camaraderie distante qui avait permis d'éviter une bonne partie des heurts mais flirtait avec l'indifférence, objectivement. Néanmoins, elle le laissa faire. Ce qui ne lui coûtait pas grand-chose. La plupart des hommes étaient d'horribles sentimentaux – et ils aimaient aussi *toucher* les femmes. Il fallait faire avec, se disait-elle. Là-bas, sous son arbre, Sylvie les observait du coin de l'œil. En toile de fond, les vestiges de la grange, les restes noircis.

« Tu as vu Blaine ? » demanda-t-il.

Édith secoua la tête.

« Il va te trouver en superforme, je te le garantis. Tu sais, j'ai pensé à toi. Avec toute cette flotte alentour. Mais j'ai eu tort de m'inquiéter, on dirait.

— J'ai failli paniquer, au début, mais je me suis reprise. Je me suis forcée à ouvrir les yeux et je me suis aperçue que je pouvais y faire face, que je n'allais pas m'effondrer.

— Génial.

— J'ai balancé mon spray le soir-même. »

Une seconde, il demeura interloqué, puis il sauta au plafond et hoqueta de joie. « *Tu as balancé ton spray ? Quoi, tu as balancé ton spray ?* Merde, je ne te crois pas. » Il la serra contre lui pour l'embrasser. « Mes félicitations, ma vieille. Bien joué. Tu aurais dû me passer un coup de fil. Blaine va boire du petit-lait, c'est moi qui te le dis. »

Ils refermèrent le coffre de la Saab.

« Il ne me viendrait pas à l'idée de coucher avec un garçon de dix-huit ans, dit elle après qu'ils eurent observé Sylvie se trémousser avec ses écouteurs. En tout cas, une chose est sûre, je ne vivrais pas avec.

— Le rêve serait que j'aie quelqu'un pour entretenir la maison, faire les courses, le ménage, la lessive, le repassage, la cuisine, enfin quelqu'un peut-être à plein temps, genre. Ce serait l'idéal. Malheureusement, ce n'est pas dans mes moyens.

— Pourquoi ne prends-tu pas deux ou trois jeunes filles au pair ? »

Il se pencha au carreau tandis qu'elle s'installait au volant – la place du passager était occupée par la pile des numéros de *City* auxquels elle avait participé et les sièges arrière par une grande majorité de romanciers contemporains.

« En tout cas, Sonia me manque, déclara-t-il. Aussi bizarre que ça puisse te paraître.

— Ça, c'est hors de ma juridiction. »

Il n'en était pas aussi sûr. La campagne alentour s'alanguissait dans la chaleur de midi. Il fit une espèce de moue, amputée par la pomme cuite qui lui servait de joue, rouge et luisante, et lui paralysait la moitié du visage.

« Je suis sûr que tu peux faire passer un message, si tu t'en donnes la peine. J'y mettrais ma tête à couper.

— D'accord. Je vais voir ce que je peux faire... Mais il y a déjà plus d'un an qu'elle n'est plus là. Tu l'avais remarqué, j'espère ? Je ne te prends pas au dépourvu, là ? Ça ne t'a pas fait un choc, au moins ? »

Il soupira et pianota sur le capot de la Saab, la tête entre les bras. « Ça n'empêche pas. Libre à toi de croire ce que tu veux. Mais elle a fait partie de ma vie pendant vingt ans, on ne peut plus rien changer à ça... au fond, je me demande si l'une de vous a la moindre parcelle de cœur ou si c'est moi qui déconne. La dureté des femmes. Qui a dit que c'était une légende ? J'ai quand même eu quelquefois la sensation d'être son père. Je te le signale. Je suis désolé d'avoir été aussi sentimental, de l'avoir couchée en lui racontant une histoire, de l'avoir fait sauter sur mes genoux, de lui avoir appris le patin à glace... »

Édith actionna le démarreur. Paul et ses éternelles jérémiades. Paul et son éternelle amertume. Paul et son éternelle duplicité. Elle lui sourit. De la main, elle envoya un signe d'adieu à Sylvie qui avait saisi un crayon et cochait des cases à l'intérieur de son magazine de teenager – dont un courant d'air chaud soulevait les pages qu'elle replaquait d'une main infatigable.

Sur le chemin qui la conduisait à Blaine, elle calcula le nombre de fois où Paul lui avait rendu visite lorsqu'elle était en traitement. Quatre fois. En combien de mois ? Alors qu'à l'entendre il avait passé son temps à son chevet. Quatre fois. Ses sentiments pour Sonia avaient ce genre d'intensité.

Cela dit, il y avait pire. La route sinuait doucement, belle et déserte, à travers la campagne, en sorte qu'Édith se sentait encline à la clémence. Où se tenaient les anges ? Où se tenaient les êtres parfaits ? Paul n'avait jamais été un type violent ni un type méprisable. Ne s'était pas montré plus souvent odieux qu'à son tour. Pas plus que la grande majorité des hommes, en tout cas.

Il avait profité de l'argent qu'Irène leur avait octroyé. Ils avaient acheté cette maison et vécu avec le reste durant un bon moment – il avait alors eu le loisir d'écrire son premier scénario, lequel recevrait un accueil mitigé soit dit en passant. Ils avaient eu la belle vie en dépit de son pauvre cœur déchiré, pauvre Paul, brûlant en permanence, du moins avaient-ils eu la vie facile. De quoi se plaignait-il ? La plupart des gens qu'ils connaissaient étaient au chômage et cherchaient un job, n'importe quoi, tant que la tempête allait durer. Et lui, Paul, se sentait quoi ? Floué ? Il regrettait le job dans un MacDo ?

Personne n'avait été floué. Chacun avait choisi son rôle en connaissance de cause. La nuit où ils avaient levé le camp, par un froid glacial, ils en avaient parlé encore une fois avant de s'engouffrer dans l'Austin Morris qu'Irène avait mise à leur disposition. Personne n'avait été floué. Chacun y avait trouvé son compte. La neige les avait engloutis à la sortie de la ville, tandis qu'ils s'enfonçaient vers les forêts, les poches pleines.

Blaine avait toujours approuvé cette décision. Malgré les terribles dépressions qu'elle avait entraînées. Mieux valait percer les abcès, toujours, répétait-il à ses patients dont beaucoup avaient tenté de mettre fin à leurs jours pour n'avoir pu profiter plus tôt de ses conseils.

L'établissement était réputé de longue date et le service que dirigeait Blaine passait pour l'un des meilleurs du pays. Il avait accueilli des acteurs, des chanteurs, des écrivains complètement azimutés et le plus grand nombre parvenait à repartir sur ses deux jambes, plus ou moins guéri, plus ou moins tiré d'affaire – quand les moins chanceux finissaient dans une cellule capitonnée avant le transfert pour l'asile. Blaine avait la réputation d'être une espèce de magicien, une espèce de gourou. Les femmes l'adoraient. Physiquement, il n'avait rien d'attirant, mais les femmes l'adoraient – et plus elles étaient cinglées, plus elles l'adoraient.

Édith l'avait rencontré quinze ans plus tôt, lors de sa première visite. Pour une mémorable dépression. Par la suite, à mesure des rechutes, ils étaient presque devenus de vieilles connaissances – il appelait Édith par son prénom, il la tutoyait – et, pour finir, il était parvenu à la reconstituer, enfin plus ou moins, et voulait qu'elle se plie à certaines vérifications afin qu'il puisse s'assurer d'avoir fait du bon travail avec elle.

Elle se rangea sur le parking. Quant à elle tout allait bien. Les derniers mois écoulés avaient été riches en émotions, la tension n'avait pas faibli, à aucun moment, et pourtant, elle avait affronté de multiples épreuves, elle ne s'était pas reposée, et pourtant, et pourtant elle venait de se garer en effectuant un superbe créneau, chose qu'elle n'aurait pu faire si elle n'avait pas eu les yeux en face des trous pour parler vulgairement. Si quelque chose n'allait pas.

Cette fois, il était réveillé. Il inspecta les yeux d'Édith au moyen d'une petite torche.

« On dirait que tu as maigri, lui dit-il.

— Chouette », répondit-elle.

Ils passèrent deux bonnes heures ensemble, dans le parc. De temps en temps, ils étaient interrompus par de vrais mabouls, mais Blaine prêta au récit d'Édith – narrant ses retrouvailles avec les Sollens et leur heureuse issue – la plus grande attention.

« Ma foi, c'est comme le pied que l'on s'apprête à pousser dans une chaussure très étroite. On ne sait jamais si l'on ira vers le soulagement ou vers la douleur ininterrompue. »

Parfois, Édith ne comprenait pas la moitié de ce qu'il racontait, mais c'était suffisant.

« Néanmoins, je suis d'accord, poursuivit-il. Que tu aies réglé ton problème avec l'eau est une excellente nouvelle, je ne dis pas le contraire. Et tu sembles en bonne forme.

— Je suis en *excellente* forme.

— Eh bien, pour une personne en excellente santé, tu as les yeux pas mal cernés. Malgré tout. »

Selon Blaine, il était encore trop tôt pour dire si Marc appartenait au camp des vrais obsédés sexuels ou à celui, plus ordinaire, du jeune marié naturellement insatiable dans un premier temps. « En tout cas, je ne te conseille pas d'examiner ça de trop près pour l'instant, déclara-t-il. Ne va pas nous compliquer la vie. Quoi, ta gynécologue ? Qu'est-ce qu'elle y connaît, ta gynéco ? Elle s'occupe de ton cerveau, à présent ? Écoute-moi. Je connais beaucoup de femmes qui seraient ravies. Fais un effort. Je ne sais pas. Peut-être que nous tenons le bon bout. Ne va pas tout flanquer par terre, tu seras gentille. Ne va pas me faire regretter de... »

Derrière eux, un bouquet d'eucalyptus semblait muer et des lambeaux d'écorce tirebouchonnée se balançaient dans l'air. Il la regarda longuement. « J'espère que tu ne déconnes pas, finit-il par déclarer. Rares sont celles que ça ne fait pas grossir. J'espère que tu ne t'amuses pas à ça, je ne plaisante pas, tu sais.

— J'ai un bon métabolisme. Je n'ai pris que deux kilos en vingt ans.

— Est-ce qu'il sait ?

— Quoi ? grimaça-t-elle. Que j'ai pris deux kilos ou que je marche au lithium depuis des lustres ? » Elle s'interrompit pour allumer une cigarette et lança un jet de fumée, puissamment, droit devant elle. « Non, ça, personne ne sait. Pas ça. Je n'ai pas cru bon de mettre toute la ville au courant. Je ne l'ai pas crié sur les toits. Non ? J'ai eu tort ? »

Blaine demeura évasif. Il ne voulait pas la bousculer. Ils avaient accompli un gros travail ensemble, ils avaient persévéré et les résultats étaient là. On ne pouvait s'y tromper. Mais il était sans doute encore un peu tôt pour se pencher sur la complexité de la chose.

Quoi qu'il en soit, le mariage d'un des deux frères semblait renforcer l'équilibre de l'édifice général. Les choses prenaient leur place. Et Blaine n'était pas loin de penser qu'il s'agissait d'un miracle. Ils avaient eu chaud. Il pouvait bien le dire, à présent, ils avaient eu très chaud aux fesses.

« D'accord, vous n'en meniez pas large, ricana-t-elle.

— Je n'en mène jamais large, Édith. Avec aucun de mes patients. Je ne suis pas un sorcier, figure-toi. Il y a toujours un risque à renvoyer l'un de vous dans la nature, soyons honnête. »

Pendant ce temps, l'après-midi s'étirait, les infirmiers patrouillaient dans le parc, des malades se roulaient dans l'herbe verte. Après un moment de conversation, Blaine déclara qu'elle était tout de même tombée sur une famille un peu particulière s'il en croyait ce qu'elle avait raconté – et encore ne lui avait-elle narré que les derniers soubresauts agitant les Sollens. « J'aurais préféré qu'il s'agisse d'une famille plus tranquille... moins, comment dire..., extravagante ? Mais bon..., tu as l'air de tenir le coup.

— Le plus dur est passé, fit-elle en examinant l'horizon qui ondulait entre les bosquets. Le plus dur est fait. Nous sommes sortis des rapides.

— Je l'espère pour toi, Édith, je l'espère de tout mon cœur. » Il se pencha et enferma les mains d'Édith dans les siennes. « C'est pourquoi je te demande de réfléchir. Avant de perturber ta relation avec Marc d'un discutable grief – car le cas, note bien, n'est pas encore parfaitement établi à l'instant où nous parlons... Que se passe-t-il ? Ta libido fout le camp ? »

Édith haussa les épaules. Mais elle partageait avec Blaine le sentiment qu'il était urgent de ne rien faire – en l'occurrence, ne pas aborder avec Marc certain sujet susceptible de descendre un jeune couple en plein vol.

« Écoute, fit-il, je te fournirai quelques adresses. Des groupes de rencontre. En dernier recours. J'en connais. Ces groupes fonctionnent sur le modèle des Alcooliques anonymes. Pour te donner une idée. » Il se caressa le menton. « Tout le contraire d'une partie de plaisir. »

Blaine n'avait pas pour habitude d'enjoliver les choses mais Édith appréciait singulièrement sa compagnie. Nombreuses étaient les patientes du docteur à disserter sur les pouvoirs de celui-ci, à vanter son magnétisme et son aile protectrice. Édith faisait partie du lot. Quoi qu'il pût lui dire, quels que pussent être ses diagnostics, il la revigorait.

« Revoyons-nous à Noël », lui dit-il en la raccompagnant à sa voiture.

Au retour, la route lui parut plus suave, plus souple. Blaine lui avait retiré un poids des épaules et les forêts qu'elle traversait ressemblaient à des mélodies.

Elle irait le voir à Noël et lui apporterait des nouvelles encore meilleures. Il pouvait compter sur elle. Quitte à employer du bromure, elle allait s'employer à contrôler le problème sans avoir à en débattre avec Marc. À Noël, tout serait réglé. Le sexe était une histoire qui se réglait. Blaine avait raison : inutile d'en faire une montagne. Sur son lecteur de CD passait *The Pearl* de Brian Eno. Le morceau s'appelait « Dark Eyed Sister ». On pouvait le trouver en vente à peu près partout. Au moins, s'il y avait une chose que Marc ne touchait plus, songea-t-elle en riant, c'était ses CD. Elle avait été ferme. Au fond, cette histoire de sexe ne l'inquiétait pas trop. Elle se sentait de taille.

Elle rentra chez elle à la nuit tombée. Dans la chambre, elle trouva Marc endormi. Elle prit place au bord du lit et, sans le réveiller, Kleenex à portée de main, le branla tranquillement, avec application. Puis elle s'allongea à côté de lui, dans la pénombre. Ainsi, grâce à ce stratagème, elle avait de grandes chances de passer une nuit tranquille – théoriquement, plus rien ne se passerait avant l'aube. Elle voulait juste rester allongée en silence, les yeux au plafond, dans le noir. Non pas indisposée par lui, mais apaisée par lui, par le versant lumineux de leur union. Était-ce là un avant-goût du bonheur ? Elle se posait la question une fois de plus. Le bonheur avait-il ce goût-là ? Sur quels critères juger ? Comment savait-on si l'on était arrivé ? Dans ce monde, les questions s'avéraient plus nombreuses que les réponses – environ trois fois plus. Elle commença doucement à bâiller, à rêver de gui, de houx, de feu de cheminée, de bonhomme de neige, de clochettes.

Le bouillant appétit de Marc, eu égard au contexte, prenait un accent particulier, disait-elle. Catherine Da Silva écouta sans broncher cette drôle de femme, mince, intelligente, jolie, qui se plaignait d'en avoir trop quand elle-même traversait une période de vaches maigres – si la disette se poursuivait ainsi, elle allait être obligée d'appeler Roberto à l'aide ou le premier coursier risquant un pied dans son bureau, jeune ou vieux, blanc ou noir, ou n'importe quel représentant à moitié ivre –, qui était son amie.

« Comment ne pas y penser tandis que nous étions penchés sur elle, s'exclama Édith. Je trouve que ça ressemble à une mauvaise blague, voilà tout. À une ironie du sort, non ? »

Catherine leva les yeux au ciel et déclara que si par miracle le torchon brûlait avec ce gars-là, elle serait la première sur les rangs. « Les hommes ne sont pas égaux devant le désir, poursuivit-elle en franchissant les portes de la clinique. En fait, ils ne sont égaux devant rien, j'imagine. »

Elles s'engouffrèrent dans un taxi tandis que des employés nettoyaient les pieds du bâtiment médical au jet – exercice auquel se livrait de plus en plus de monde en ville, signe que les affaires reprenaient, même si les dents grinçaient.

« Pardonne-moi de revenir là-dessus, déclara Catherine dont le tailleur jaune citron lançait des étincelles, mais je t'avais avertie. Je sais exactement de quoi tu parles... » Elle baissa d'un ton pour ajouter : « Si tu veux mon avis, tu possèdes là un vrai trésor. Un sacré trésor. Alors, écoute-moi. Garde-le bien au fond de ta poche et enfonce ton mouchoir par-dessus. Conseil d'amie. Ces hommes-là ne courent pas les rues, tu peux en croire mon expérience.

— Hum... s'il ne s'agissait pas d'une liaison, ça y ressemble.

— *Une liaison ?* C'est n'importe quoi. Une demi-douzaine de rapports, au grand maximum. Ne raconte pas n'importe quoi. Comment *aurais-je pu* avoir une liaison avec Marc ? J'aurais pu faire comme si de rien n'était, tu crois ? En employant quel tour de magie ? »

L'armée commençait à plier bagages. Des jeeps, des camions militaires semaient le chaos dans la circulation aux abords des ronds-points et sur les ponts, tandis que deux ou trois hélicos survolaient encore les quartiers sensibles, livrant des bonbonnes d'eau potable ou déposant des grappes d'hommes en tenue sur les toits. L'aéroport enfin rouvrait. L'épouvantable moiteur qui régnait sur la ville s'accompagnait d'une vague odeur de vase.

Les rives se trouvaient gorgées d'eau pour un moment. Les gens s'asseyaient sur le dossier des bancs. Désœuvrés, les écureuils sautaient de branche en branche. On se demandait quand reprendraient les concerts, quand reviendrait le temps où l'on pourrait de nouveau acheter un hot-dog, quand se rallumerait l'enseigne de la cafétéria. On avait hâte. Catherine préparait un numéro de *City* entièrement consacré aux dégâts qu'avait subis la ville. Il y en avait pour des millions. La mairie pouvait difficilement le cacher.

« Je ne suis pas la seule femme qu'il ait baisée, argumenta Catherine. En vingt ans. Tu n'as qu'à faire le calcul. Avec son physique. Tu ne peux pas me le reprocher.

— Je sais. Je n'y peux rien. Pardonne-moi. »

Elle décocha néanmoins à Catherine un regard sombre – celle-ci feignit de frissonner.

Elles traversèrent le Lafayette par une matinée radieuse. L'image d'Irène les hantait encore un peu. La surprise horrifiée de la première visite passée, l'état d'Irène inspirait la plus grande compassion. Son visage était jaune, noir, enflé. Sa lèvre était fendue, son œil fermé, son nez en miettes. Ses bras, ses jambes, ses mains, ses pieds, se trouvaient dans un triste état.

Elle parlait à peine, elle regardait ailleurs. Même si l'on ne possédait guère d'imagination, on envisageait assez bien ce qu'elle avait enduré. Et cette image vous poursuivait, s'accrochait à vous durant un long moment.

Elles se turent un instant, tandis que le taxi filait au-dessus du fleuve – la radio jouait « John Wayne Gacy », *Jr* de Sufjan Stevens, le soleil dansait entre les structures du pont.

« Enfin, espérons qu'elle retrouve bientôt figure humaine, soupira Catherine. Ça me rend malade. J'ai l'impression que c'est encore pire qu'hier. Non ? J'exagère ? En tout cas, je ne serais pas étonnée qu'elle sente la tension qui règne entre son mari et ses fils. Ils l'ont fait exprès ou quoi ? » Elle sortit son poudrier et s'examina tandis qu'Édith indiquait au chauffeur le meilleur itinéraire pour éviter les vingt centimètres de boue qui recouvraient la voie express.

Elle appela Sonia. Elles firent quelques provisions – Sonia manquait toujours d'à peu près tout, le moindre paquet de biscottes était le bienvenu. Elles trouvèrent un petit ventilateur, qu'elles emportèrent. Elles remplirent un caddie et firent livrer. Le ventilateur venait de Chine, le pays où l'on mange les chiens – quel comportement adopter face à des types qui mangent des chiens, se demandait-on à bon droit. Au moins, restaient-ils ouverts vingt-quatre heures sur vingt-quatre, sept jours sur sept – du lever du soleil jusqu'au froid glacé de la tombe, et on avait le sentiment qu'ils ne se plaignaient jamais et méprisaient cordialement les Blancs, eux aussi, mais au moins restaient-ils aimables.

En arrivant, elles virent de la fumée qui s'élevait au-dessus du jardin. Il y avait si peu d'air qu'elle montait droit, puis ensuite s'étalait, comme à la rencontre d'un plafond invisible.

À l'intérieur de la maison, un âcre et épais nuage flottait au rez-de-chaussée.

« Ce sont des herbes, expliqua Sonia. Pour une fumigation. Une certaine sorte d'herbes. Marga vous expliquera ça mieux que moi. »

Comme elle tournait aussitôt les talons, Édith la rattrapa par la manche, lui mit le ventilateur dans les mains. « Quoi ? fit-elle en baissant la voix. Tu veux dire qu'elle est là ? Tu veux dire que Marga est là ?... » Elle grimaça en secouant la tête. « Elle ne donne plus ses consultations par téléphone ? Ça ne suffit plus ? Elle se déplace à domicile ? Sonia, est-ce que je rêve ? Cette femme est folle, tu ne l'as pas remarqué ? Très sympa mais complètement fêlée, okay ? Est-ce que c'est clair ? » Disant cela, son regard fut attiré sur le côté, par un véritable tas de gravats, de sorte qu'elle resta bouche ouverte.

Aucune explication ne venant de sa fille, elle avança d'un pas et découvrit qu'on avait agrandi la porte de la salle de bains – à coups d'obus ?

« Enfin Sonia, excuse-moi, mais il me semble... nous n'étions pas censées en parler ?

— Inutile de paniquer. Reviens dans quelques jours et tu n'y verras que du feu. Odile est allée chercher des briques et du plâtre. »

Édith glissa un œil sidéré autour d'elle, sur les caisses, les meubles déplacés, en attente, le capharnaüm général au-dessus duquel se rejoignaient les volutes de fumée en provenance de la cuisine. Sonia expliqua qu'il s'agissait d'herbes rares originaires du Tibet et qu'elle n'avait pas l'intention de laisser passer la moindre chance d'améliorer l'état de Joël. « Et je me fiche de ce que toi, ou n'importe qui d'autre en pense. Je suis en contact avec une tribu d'Indiens Cherokee, si tu veux savoir. Et même avec un druide.

— Pourquoi ne pas essayer un prêtre ? » proposa Édith sur un ton égal.

Par chance, les baies étaient ouvertes, si bien que l'on y voyait encore assez pour se diriger sans buter sur un obstacle. « Elle fait griller les herbes au four et récite des formules, précisa Sonia en ouvrant la piste en direction du jardin. Elle va bientôt avoir fini. Je te prie de ne pas te montrer désagréable avec elle. Tu ne la connais même pas.

— Sonia. Écoute-moi. Marga est *ma voisine*, d'accord ? Elle habite la maison *d'à côté*, d'accord ? Elle vient chez moi pour emprunter le sel, nous prenons des bains de soleil ensemble. Marc et Gilbert font griller des côtelettes. Je connais Marga bien mieux que toi. Et je te le dis, ma fille, fais attention. Les Damanti ont un sérieux problème. Ce qu'ils font est extrêmement malsain. *Extrêmement* malsain. Catherine, dis-lui. Dis-lui ce que tu en penses. »

Il y avait également un feu dans le jardin. D'après

Sonia, les lambris de la salle de bains avaient un peu souffert.

« Glauquissime. Ta mère a raison. À moins d'aimer l'ambiance *Rosemary's Baby.* »

Sonia s'en moquait. Elle avait vu des centaines de témoignages sur le net, des sommités du monde médical avaient constaté que des cancers incurables régressaient puis guérissaient au moyen de ces plantes. Que des aveugles avaient plus ou moins retrouvé la vue.

« Il ne serait pas plutôt en train de s'étouffer, dans toute cette fumée ? » lâcha Édith avec un rictus.

Fort à propos, Catherine changea de sujet.

« Ta mère et moi avions pensé que tu allais t'habiller et que tu allais nous suivre chez un nouveau Japonais que tu allais adorer. » Sonia fronça si fortement les sourcils que Catherine chercha un siège pour s'asseoir. « Je ne pensais pas que tu allais sauter au plafond, remarque. » Le temps se suspendit durant trois secondes.

Puis un impressionnant nuage de fumée sortit de la cuisine et Marga fit son apparition, ainsi que Joël qu'elle poussait devant elle, dans son fauteuil roulant.

Elle souleva le foulard qui lui couvrait le bas du visage, remonta sur son front ses lunettes de plongée et avisa les nouvelles venues. Pendant ce temps, Joël ne donnait aucun signe de vie.

« Vous vous connaissez ? » fit Édith. Brèves présentations. Des mèches de fumée s'accrochaient encore à eux. Marga portait de ravissants talons hauts que Catherine peinait à quitter des yeux, ayant toujours eu le goût des belles choses.

« Que faisais-tu exactement ? demanda Édith.

— Oh, eh bien, on appelle ça une fumigation.

— Elle est de taille, dis donc.

— C'est à cause du four. Je suis tellement habituée au mien.

— En tout cas, merci pour ton aide, Marga.

— Écoute, je suis ravie si je peux aider.

— Ne t'inquiète pas. Nous sommes là. Nous avons la situation en main. Tu sais, Marga, tu as bien meilleure mine. Je te le dis franchement. »

# 7.

Josianne fit le tour de la Mini Cooper rouge et blanche sans pouvoir prononcer un mot. Revenue à son point de départ, elle se pendit au cou de David et ils échangèrent un baiser fougueux sur le trottoir de l'hôpital.

« Jure-moi de m'embrasser comme ça jusqu'à la fin de mes jours, le supplia-t-elle.

– Ça va être difficile », répondit-il.

Elle se tourna de nouveau sur la Mini Cooper, poussa quelques petits gémissement. « Oh, mon Dieu ! C'est ma première voiture neuve. Oh, mon Dieu ! » Quelques sifflements admiratifs fusèrent d'un groupe d'infirmiers sortis fumer une cigarette – en l'honneur de la voiture ? de la femme ? du gars assez malin pour s'offrir les deux ?

Elle faisait plaisir à voir. Certes, songeait David, la voiture avait un certain prix, bien sûr, mais la pure joie qui jaillissait de Josianne comme le scintillement d'une fontaine à cet instant reléguait les considérations financières au rang de simples chiures de mouches, selon lui. On ne rendait pas tous les jours une femme heureuse à ce point-là. D'ailleurs, elle le prit par la main et l'entraîna vers les ascenseurs. Le nombre de fois où ils avaient eu un rapport dans ces engins était ahurissant.

Le fait est que, devenant sa femme, elle ne pouvait continuer de conduire le parfait débris que Robert Clinnechet, qui ne roulait plus que dans un fauteuil, lui avait royalement laissé en guise de patrimoine au moment du divorce.

Le jour baissait. L'odeur du soir se précisait. David ne regrettait rien. Il déclara à Josianne qu'il rentrait, mais il profita du temps libre qu'il avait devant lui – retrouvé grâce à la jeune fille au pair que sa toute fraîche épouse avait dénichée quelques jours plus tôt – pour aller voir comment se déroulaient les travaux chez Sonia.

Roberto avançait bien. Il avait évacué les gravats, scellé l'encadrement de la nouvelle porte, rattrapé les murs, passé un apprêt, changé les lambris à l'intérieur et posé un nouveau bac à douche plus adapté à la toilette d'une personne dépendante.

Roberto avait refusé d'accepter le moindre sou de la fille d'Édith, mais l'état de ses finances ne lui permettait pas de renoncer aux billets que David fourrait discrètement dans sa poche.

Ce soir-là, pourtant, il retint la main de David au prétexte qu'il préférait avoir une réponse des deux frères à propos de la laverie automatique qu'il comptait ouvrir non loin du centre quand les Sollens se seraient portés garants pour lui auprès de la banque.

David ne pouvait lui donner de réponse immédiate. La réouverture du garage les avait entièrement accaparés ces derniers temps, de même que causé un vif échauffement à leur trésorerie, de sorte qu'il plaidait pour obtenir quelques jours de délai.

« Quoi, quel délai ? fit Roberto d'une voix sourde. Qu'est-ce qui te prend d'employer ce vocabulaire avec moi ? Qu'est-ce que ça cache ?

— Rien du tout, Roberto. Ça ne cache rien du tout.

— Regarde-moi. C'est moi. Roberto.

— Je sais que c'est toi, Roberto. Je ne suis pas aveugle.

— Alors, merde ! Qu'est-ce que tu racontes ? Ne tourne pas autour du pot avec moi. »

David lança un coup d'œil alentour pour s'assurer que personne ne se trouvait dans les environs. « Il n'est pas question de tourner autour du pot, Roberto. Je te le répète. Nous n'avons pas encore eu le temps d'en discuter.

— Pourquoi ? Ça va vous prendre des heures ? Ça va vous prendre des heures pour vous décider ? Vous avez besoin de réfléchir ? »

David le dévisagea un instant puis préféra rejoindre Sonia et les deux autres qui prenaient le frais dans le jardin. « Roberto se défend comme un chef. Parfois, je me demande ce qu'il ne sait pas faire. Sans blague. L'animal. »

Dans son fauteuil roulant, Joël semblait sorti tout droit d'une tombe. Si l'on regardait bien, on voyait sa poitrine se soulever, légèrement. À moitié mort ? À moitié vivant ? Difficile à dire. Quoi qu'il en soit, David était impressionné. Il fallait un sacré courage. D'après lui. Il fallait un certain courage pour se charger une telle croix sur les épaules. Il la regardait. Il l'observait. Sa nièce le bluffait complètement. Il avait été heureux de lui rendre service, de lui amener Roberto, de régler les fournitures. Elle le bluffait littéralement.

« Moralement, déclarait-elle, comment je m'en sortirais ? Comment je m'en sortirais si je ne faisais pas ce que je fais ? »

Comment ne pas adhérer, à moins d'être une merde ambulante ? Comment ne pas adhérer à cette parcelle de pure humanité, se demandait-il, à cette démonstration de grandeur d'âme, si folle et suicidaire qu'elle fût ?

« Marga est venue faire une fumigation. C'est sûrement une impression, mais on dirait qu'il se sent mieux. On ne trouve ces plantes qu'au Tibet. Mais peut-être que toi aussi, tu me prends pour une folle. »

Odile haussa les épaules dans son transat : « Y a des chances.

— Toi, je ne t'ai pas sonnée. Ne l'écoute pas. Toi, personne ne t'a demandé de répondre à ma place. Alors que justement pas. Justement pas. Je ne te prends en aucune façon pour une folle. J'ai vu cette émission dont tu parles. Le dalaï-lama était dans le coup. Je m'en souviens très bien. Des scientifiques de haut niveau qui admettaient que la cueillette des herbes avait une incroyable avance sur leurs propres travaux. Donc, justement pas. » Il se pencha en avant. « Néanmoins, là où ta mère a raison, c'est au sujet de Marga. Les Damanti sont complètement cinglés, je les ai vus à l'œuvre. Ne t'enlève pas ça de l'esprit. Reste vigilante, c'est tout. » Il se redressa.

« Et est-ce que mon père continue son numéro de charme, dans tout ça ? Il ne te colle pas trop ? »

L'air du soir avait une température agréable. Elles décidèrent que Joël prendrait son repas dehors, une soupe de potiron mélangée à de la viande hachée. Il observa la scène. Sonia tenait la cuillère et Odile réparait les dégâts de chaque bouchée. David resta assis, les mains serrées aux accoudoirs. Se demandant s'il aurait le courage d'assister à la toilette.

Lorsque Josianne rentra, onze heures sonnaient. Elle était harassée. Mais elle demeurait heureuse. Très heureuse. Elle avait même effectué plusieurs fois le tour des pâtés de maisons, regardant son reflet dans les vitrines, caressant le volant, passablement enivrée, écoutant le moteur qui tournait comme une horloge, riant toute seule – pleurant tout à coup au souvenir de son enfant mort qui aurait *adoré* cette voiture, qui aurait sauté sur la banquette arrière en battant des mains –, passant les vitesses du bout des doigts, donnant quelques coups d'accélérateur pour sécher ses larmes.

On aurait dit que l'avenue s'était vidée pour la laisser passer – à peine si quelques flaques demeuraient, si quelques poches d'eau saumâtre subsistaient et scintillaient ici sous les lampadaires, là dans un rayon de lune. « Regarde mes mains. J'en tremble encore. Je n'ai jamais rien possédé d'aussi beau. » Ensuite elle s'écroula. Il l'aida à enfiler un maillot, la pelota et la conduisit tant bien que mal sur la terrasse, au bord de la piscine. Lui aussi était claqué.

Il l'installa sur un matelas orné de pompons et de petites franges puis s'allongea à côté d'elle. Elle n'avait ni faim ni soif. Ce qui tombait bien car le bar était fermé. Il n'y avait pas un chat. Pour finir, il la tira doucement dans l'eau qui était à vingt-huit degrés. Si doucement qu'elle se mit à flotter, glissant sur le dos, et il la promena ainsi, lui faisant accomplir de lentes arabesques, tandis qu'enchantée elle inspectait le ciel étoilé qui tournoyait au-dessus d'elle.

« Tu sais, j'ai peur, lui dit-elle.

— Peur ? Mais de quoi ?

— Je ne sais pas. Ce n'est pas trop beau ? »

Le visage de David s'éclaira d'un large sourire. Protecteur et rassurant. Mais qu'en savait-il lui-même ? Comment savoir si une chose était trop belle ? Comment faire pour ne pas avoir peur quand on se posait la question ? Les seins de Josianne, enveloppés dans un soutien-gorge en Teflon rouge de chez Prada, pointaient à la surface. Il avait l'intention de faire le maximum, de son côté. Josianne était de loin la fille la plus épatante qu'il ait connue et sans doute celle qui méritait le plus de connaître davantage de confort si l'on songeait à la vie qu'elle avait menée avec son premier mari, à toujours se priver, à toujours compter, à toujours désirer en vain.

Peut-être allait-il enfin servir à quelque chose ? Cette pensée l'interloquait. Elle ouvrait un gouffre devant lui – mais un gouffre relativement aimable, silencieux et mou comme un rêve. Devait-il à toute force, dès lors, se demander s'il avait jamais servi à quelque chose ? Devait-il en passer par là ? Avait-il atteint cet âge impossible où l'on regarde en arrière ? En tout cas, ces pensées, il ne les avait jamais eues.

Il les trouvait surprenantes. Elles se glissaient en lui pour la première fois.

« Sauter à l'élastique n'est rien, confia-t-il à sa femme. Le mariage est une tout autre affaire, Jo. Si tu ne m'avais pas poussé, j'entends, si tu ne m'avais pas secoué un peu...

— On n'a qu'une vie, David. On ne peut pas tergiverser pendant cent sept ans.

— Je suis d'accord. Tu as raison. Je suis entièrement d'accord, Jo. Heureusement que tu étais là. Attends, je suis sérieux. Je pédalais vraiment dans la semoule, n'est-ce pas ? J'avais les mollets qui tremblaient, non ? »

Elle flottait, bras et jambes écartés, se laissant guider. « Mais, pour finir, tu t'es montré courageux et c'est tout ce qui compte, à mes yeux. Le reste n'a pas d'importance.

— Reconnais qu'annoncer à un pauvre type qu'il va devenir mari et père du jour au lendemain, ça peut le décoiffer légèrement. Hein, mets-toi à sa place. Prends le plus courageux des courageux et tu le verras trembler, même s'il le cache au plus profond de lui.

— Les femmes sont là pour ça, les femmes sont faites pour mener les hommes dans le droit chemin. Elles le savent d'instinct. Elles sont chargées d'assurer la survie de l'espèce. »

Il opina en souriant. L'habit de marié ne l'avait toujours pas empoisonné et l'étau qui enserrait sa poitrine avait ouvert ses mâchoires.

Alors chaque femme devait avoir sa propre conception de survie de l'espèce, déclara-t-il en évoquant les efforts que Sonia déployait en faveur d'un jeune gars dont on ne percevait pas le moindre battement de cils.

« N'oublie pas qu'elle n'est pas ta fille, en tout cas. Peut-être que sa mère et son père n'apprécieront pas certaines de tes initiatives. Méfie-toi. Ne nous brouille pas avec Édith et Marc. Je les connais à peine.

— Bien sûr, s'empressa-t-il de répondre. Sois tranquille. Pour rien au monde, crois-moi. Aucun danger. Je ne vais sûrement pas m'amuser à ça. J'ai eu ma dose, tu comprends. Alors ça ne risque pas. »

Elle essaya de déchiffrer son visage sans réellement y parvenir. Presser une vieille blessure faisait toujours plus ou moins mal, forcément. Elle ne voulait pas exagérer. Elle ne voulait pas le faire souffrir sans raison. Elle s'éloigna de lui en exécutant quelques brasses.

« Tu n'as aucune raison d'être jalouse, lança-t-il.

— Qui a dit que j'étais jalouse ?

— Tu n'as aucune raison d'être jalouse, tu m'entends ? »

Deux ou trois jours plus tard, leur avocat, Vincent Delborde, attrapa une extinction de voix dans les courants d'air d'un théâtre où il tenait un meeting, et Marc, sans trop réfléchir, accepta de le remplacer – du moins pour un soir et pour lire sur une estrade le discours que l'autre avait concocté. Plus un traître son ne sortait de sa bouche. Même en tendant l'oreille, on n'entendait que le sifflement de l'air jaillissant de ses poumons.

Tout le monde savait que les rapports entre l'avocat et les deux frères s'étaient tendus après que Victor Sollens eut balayé le procès, eut rayé d'un coup leurs efforts pour traîner la mairie en justice. Non que les deux frères y fussent pour quelque chose, mais Vincent Delborde l'avait en travers de la gorge. Y penser le mettait en rage. Si près du but. Il y avait cru. Il avait pensé que cette fois serait la bonne, qu'après plusieurs années de lutte les Sollens allaient lui fournir les moyens d'envoyer toute cette clique devant les juges.

À présent, ce n'était plus qu'un vieux rêve. Tout ce travail en vain. Sans compter les frais et les quelques plumes qu'ils y avaient laissées. Sans compter l'humiliation.

« Vous ne vous sentez pas humilié ? avait-il aboyé. Vous ne sentez pas la rage vous étrangler ? Parce que moi, si. » Ils s'étaient accordés pour lui répondre que la honte dominait largement, qu'avoir un père qui lâchait et piétinait ainsi l'honneur des siens leur soulevait le cœur, mais l'amertume obscurcissait la vue de l'avocat et la fourberie d'un Sollens jetait son ombre sur les autres.

Néanmoins, son extinction de voix l'avait obligé à mettre de l'eau dans son vin. Il avait absolument besoin de Marc pour ce meeting. Et, comme il ne pouvait pas parler, le désespoir silencieux qu'il affichait aurait fait craquer les plus durs.

Marc, pour des raisons qui étaient les siennes, refusait de s'engager plus à fond dans le mouvement. Mais monter sur une estrade ne lui faisait pas peur – et lui avait même beaucoup plu, comme de passer devant les caméras ou parler dans un micro.

« Je te le dirai, le jour où je changerai d'avis, répétait-il à l'avocat. Je te le dirai, le jour où tu pourras m'inscrire sur ta liste. Ne perds pas ton temps à me forcer la main. Je te préviendrai le moment venu, okay ? Je n'en fais pas assez, peut-être ? J'ai manqué une fois de vous soutenir ? J'ai manqué une fois d'afficher mes préférences ? Je ne porte pas ton badge "*Votez Vincent Delborde !*" matin et soir, comme tu me l'as demandé ? »

Lorsqu'ils avaient un peu bu, la discussion n'allait pas plus loin et Vincent Delborde s'accordait même l'ineffable plaisir de poser une main sur l'épaule de Marc. Et lorsqu'ils étaient à jeun, Vincent déclarait qu'il ne comprenait pas.

Ce soir-là, personne n'avait prévu qu'une équipe de télé serait envoyée sur place et, vers huit heures du soir, le feu était déjà aux poudres.

La salle vibrait. Les caméras tournaient. Personne n'aurait pu expliquer ce qui se passait au juste, mais le charme opérait. Marc était photogénique. Il avait une voix grave et mélodieuse qu'il modulait avec une facilité déconcertante. Au pied de l'estrade, Vincent Delborde en oubliait presque de respirer, roulait des yeux ronds.

La salle applaudissait. Marc hochait la tête puis reprenait. Dans une ambiance chaleureuse. À la fin du discours, de manière tout à fait impromptue, il enchaîna une séance de discussion avec le public. L'avocat haussa les sourcils et lâcha un ricanement inquiet.

L'avocat s'aperçut très vite que Marc avait réellement la cote. Les yeux brillaient, surtout ceux des femmes qui appréciaient beaucoup le genre d'homme capable de se jeter à l'eau pour sauver une fillette et qui passait si bien à la télé.

« Moi, c'est bien simple, déclara Béa. Il me donne des frissons. » Et joignant le geste à la parole, elle frissonna. « Non content d'abattre un travail de dingo, voilà qu'il se lance dans la politique. Cet homme finira par me tuer. Mais pourquoi ne me regarde-t-il pas ? Pourquoi voit-il au travers de moi ? Dis-moi ce qui cloche, Martine. Je suis si moche que ça ? »

Souriant d'une oreille à l'autre, les bras levés, sur le devant de l'estrade, boxant le plafond, Marc se faisait acclamer.

« Tu es trop bien pour lui. Voilà ce que je pense.

— Je t'en prie. Ne dis pas d'âneries. Applaudis-le.

— Je l'applaudis. Ça ne se voit pas ? Et pour ce que nous y gagnons, tu sais...

— Oh écoute, ça va. Tu ne veux pas finir tes jours dans un couvent, des fois ? Écoute, tu ne vas pas recommencer.

— Que pouvons-nous attendre d'eux ? Tu as de bonnes nouvelles de ton côté ?

— Seigneur, comme tu es chiante quand tu t'y mets.

— Je ne suis pas chiante. Je suis une mère abandonnée avec ses enfants. Je n'appelle pas ça être chiante.

— Rassure-toi. Tu as le meilleur avocat de la

ville, fit Béa en redoublant ses applaudissements. Tu es parée de ce côté-là. »

Elle se pencha en avant pour saluer l'avocat aphone qui rongeait son frein au bout du rang dans son costume de lin clair.

Le lendemain, ayant retrouvé un filet de voix par la grâce d'un gargarisme à base de cortisone, Vincent Delborde déclara que la montagne qui dressait sa lugubre silhouette derrière lui n'était pas une montagne ordinaire mais le triste amoncellement de mobilier, d'appareils, d'objets divers et fichus, gonflés, cloqués, moisis, etc., dont chacun avait dû faire le deuil. « À qui la faute ? » demandait-il en fixant la caméra droit dans les yeux. Il se baissa et ramassa une poupée en piteux état. « À qui appartenais-tu ? À qui vas-tu manquer ? » demanda-t-il à la poupée qu'il tenait entre deux doigts par une jambe, la tête en bas. Puis il reporta son regard sur l'énorme monticule de rebuts. « La prochaine fois, nous y laisserons nos lits, soupira-t-il devant l'objectif. Vous voulez parier ? » Tout le monde trouva qu'il avait été super.

« J'ai hésité, dit-il. Je me suis demandé si la poupée... Est-ce que ce n'était pas un peu trop ? Sinon, il faut couper. C'était trop ou quoi ? »

Trop ? Ils se regardèrent, le journaliste, le preneur de son, le cameraman – un énorme point d'interrogation flottait au-dessus d'eux. Non, non, il n'y avait rien de trop. De trop de quoi voulait-il parler ? De trop de quoi ? Ils trouvaient au contraire génial le coup de la poupée. Ils semblaient contents de leur journée. En arrière-plan, des bulldozers de l'armée, conduits par de purs cinglés, crachaient leur fumée noire.

Vincent toucha le bras du journaliste, un blond aux cheveux courts, légèrement tapette : « Ce serait bien, vous savez, si ça pouvait être diffusé plusieurs fois. Je vous en serais reconnaissant. Cette fichue inondation. On connaît tous quelqu'un qui a perdu quelque chose, ne serait-ce qu'une table en Formica ou un micro-ondes, pas vrai ? »

Sur le chemin du retour, qui n'était encore qu'un chemin de terre battue au milieu des arbres, au détour d'un virage, ils tombèrent sur un X5 – gros succès chez BMW, livré avec des lunettes noires, pour homme ou femme, et un produit pour regonfler les pneus – garé en travers de la route. Le journaliste, qui conduisait, enfonça brutalement le frein et tout le monde partit en avant.

Trois types bondirent des fourrés. En plein jour. Malgré une température digne de l'été, ils portaient des blousons de cuir. Et des cagoules. Par cette chaleur. Le poing de l'un d'eux jaillit comme un boulet de canon et enfonça littéralement la mâchoire du journaliste qui cracha un jet de sang devant lui, maculant le pare-brise d'un potage vermillon – Vincent apprendrait plus tard que le blondinet en avait eu pour un paquet, six implants, pas un sou de remboursé, sans rien dire de la douleur, de toutes les fois où il avait couru après une dose d'Ibuprofène en gémissant tel un nouveau-né, et que son assaillant avait utilisé un poing américain, ce qui expliquait bien des choses.

Lorsque l'avocat rouvrit un œil, le soir tombait.

Les analgésiques l'avaient assommé. Il se leva, néanmoins, grimaçant de tout son corps. Il avait reçu le même genre de trempe autrefois, au cours d'une gay-pride, et lorsque le temps était humide, de vieilles douleurs se réveillaient. Il savait donc ce qui l'attendait, en particulier pour ce qui concernait les côtes enfoncées et la cheville foulée. Il clopina vers son ordinateur, alluma l'écran et contempla de nouveau le tas de cendres encore fumantes. Il n'avait pas rêvé. Il ne restait plus rien, pas même une chaise. Sa seule consolation se réduisait au sentiment d'avoir visé juste, car, quant au reste, l'étourdissant mausolée avait disparu. Les défaillances, les incompétences, les manquements en tous genres des hommes censés administrer la ville formaient alors un tas monstrueux qui s'élevait jusqu'à la cime des arbres. Envolé. Parti en fumée. Cette montagne de décombres. Cette image plus forte que le plus fort des discours. Certains l'avaient bien compris. De sorte qu'à présent, la place était nette. À cette déconvenue-là, à cet effroyable revers, Vincent Delborde préférait de loin la douleur nauséeuse d'un coup de pied dans le ventre.

D'une certaine manière, il était étonné que la note ne soit pas arrivée plus tôt. Qu'elle ne fût pas plus salée, même. Il travaillait sur le cas depuis assez longtemps pour savoir que la patience et les scrupules ne constituaient pas les premières qualités de l'équipe au pouvoir.

Il pensait que les Sollens étaient la cause du sursis dont ils avaient bénéficié. On leur avait tendu davantage de perches qu'à ceux qui avaient tenté, par le passé, de s'engager sur la voie de la résistance. Quoi qu'il en soit, il semblait que leur crédit fût épuisé à présent.

Comme il parvenait encore à ouvrir la bouche, il contacta quelques membres de son équipe, les chargea de faire circuler la nouvelle et d'inciter chacun à la prudence. Les hostilités étaient montées d'un cran. À haute dose, les antidouleurs lui donnaient des vertiges.

Les types de la télé avaient leur compte, en tout cas, pas un des trois ne songeait à envenimer la situation en menant une action en justice contre des individus aussi déterminés. Ces gars-là ne plaisantaient pas. La consigne était d'ouvrir l'œil et de garder à l'esprit qu'on touchait là un point vulnérable sur lequel il convenait d'appuyer en prenant les précautions nécessaires. Vincent Delborde claudiqua en grimaçant jusqu'à son téléphone – l'un des assaillants, qui n'avait pas fait mystère de sa nature homophobe, s'était occupé spécialement de l'avocat.

« Ce n'est pas la première que je prends, déclara-t-il à Marc. Ne t'inquiète pas pour ça. » Il avala quelques comprimés supplémentaires.

Marc raccrocha à l'autre bout du fil. La femme qu'il avait sous les yeux était amochée elle aussi. David l'aidait à exécuter quelques pas sur la terrasse, mais Irène, qui avait la plante des pieds particulièrement délicate et affreusement couturée depuis certaine course à travers bois, semblait marcher sur des œufs tandis qu'elle se pendait au bras de son aîné et s'avançait vers la balustrade pour inspecter le paysage qui sombrait dans l'obscurité malgré les scintillements du fleuve largement retourné dans son lit.

Elle ne parlait pas. Non que sa voix fût sujette aux extinctions que connaissait celle de l'avocat. Irène avait simplement déclaré qu'elle n'avait rien à dire et ne se sentait pas d'humeur à entamer une conversation avec quiconque. Pas même avec ses deux fils qu'elle avait pour elle seule ce soir-là.

Victor leur avait laissé la place. Irène lui avait brièvement expliqué dans quelle situation il s'était mis en les trahissant, quelques bonnes raisons qu'il eût, enfin le résultat était là, ils refusaient de se trouver dans la même pièce qu'un tel Judas.

« Eh bien, je n'y peux rien. Qu'est-ce que j'y peux ? De Watt m'avait mis le marché entre les mains. C'est si difficile à comprendre ?

— Tu es leur père. Tu n'es pas là pour leur montrer le mauvais chemin.

— C'est toi qui dis ça, Irène ? C'est toi qui dis ça ? Écoute, je vais m'asseoir. Ça ne te gêne pas si je m'assois ? »

Elle resta un instant appuyée sur ses béquilles, se pinçant les lèvres en le considérant. Il lui semblait soudain que cet homme s'était toujours trouvé là, à tous les instants de sa vie. L'atmosphère n'atteignait pas – indéniablement – le niveau de tranquillité que Bradge avait juré de lui offrir si elle acceptait de prolonger son séjour en clinique. « N'y va pas », lui enjoignait-il. Et certes, Bradge lui donnait là un excellent conseil. L'horizon semblait bien obscurci. Irène en était parfaitement consciente. Mais elle savait où était sa place. Elle savait très bien où était sa place.

« Écoute-moi, disait-il. La réaction qu'a développée Victor... Est-ce que tu te rends compte ? Personne n'a jamais vu ça. C'est à peine croyable. Nom de Dieu. Irène. As-tu besoin de ça en ce moment ? Est-ce pour te punir ? »

Elle fit la moue. « Tu sais, rien ne m'étonne de Victor. Rien ne m'étonne plus. Cet homme est capable de tout. S'il croyait en Dieu, il aurait déjà les stigmates. Au minimum. Souviens-toi quand il courait. Jamais une égratignure. La voiture était en miettes, lui n'avait jamais rien. Déjà à cette époque.

— Bien sûr. C'est de la même veine. Nous sommes en pleine escalade. Figure-toi qu'il *te voyait.* Quand il ne voyait pas *à travers tes propres yeux.* Attends, on nage en pleine folie, là. Ça devient sérieux, je regrette. Le genre de connexion qu'il établissait avec toi... je ne peux même pas l'imaginer. Là où tu enflais, il enflait. Là où tu saignais, il saignait. Tu as vu les photos. Ça ne te suffit pas ? Tu comptes aller te reposer sous le même toit que cet homme ? C'est tout ce que tu as trouvé pour te refaire une santé ? »

Ce pauvre Nicolas, songeait-elle, ce pauvre Nicolas ne pouvait pas comprendre. Ayant été, au fil des années, témoin des embardées du couple, Bradge ne pouvait comprendre ce qui se passait. Pour la bonne raison qu'il ne savait pas à quoi ressemblait un couple uni par Dieu. Un couple qui échange ses vœux dans une église. Il ne savait rien. Comme beaucoup d'autres. Victor l'avait trompée, délaissée, trahie, bafouée, la liste des offenses qu'il lui avait infligées était longue et elle ne lui pardonnerait jamais. Mais il restait son mari, envers et contre tout. Elle aurait bien aimé, souvent, pouvoir le déchirer en mille morceaux, mais il restait néanmoins son mari. Ils s'étaient unis devant Dieu. Qui donc aurait pu défaire ce que le Seigneur avait fait ? Quel esprit ignorant, stupide, pouvait imaginer cet exploit surhumain ? Bradge n'était pas marié. Nicolas Bradge ne s'était jamais marié. Que lui expliquer, dès lors ? À quoi bon user sa salive ?

Pourquoi perdre son temps en vaines explications ? Une minute plus tôt, David semblait s'être cogné à un mur invisible. « Mais enfin, qu'est-ce qui t'a pris ? » demanda-t-il pour la énième fois, fixant le sol devant ses pieds. Visiblement, les écarts de sa mère le turlupinaient. Et il n'était pas le seul, son frère se mettait aussi de la partie quand son tour venait. Certain point de cette histoire leur déplaisait souverainement. Ainsi qu'à leur père.

Irène avait suivi son agresseur *de son plein gré*. Elle avait laissé en plan le mariage de son fils pour rejoindre son agresseur *de son plein gré*. Voilà ce qui les chagrinait, voilà ce qui les énervait. Voilà contre quoi ils butaient encore et encore. Elle les trouvait pathétiques.

Le sexe était-il du chinois pour eux ? N'y avaient-ils jamais cédé ? Avaient-ils toujours agi avec raison, prudence, circonspection ? Perdre la tête ne leur était jamais arrivé ?

Ils firent encore quelques pas puis elle décida de s'asseoir sur son banc préféré, celui qui vivait au pays enchanté des seringas, lesquels seringas l'enveloppaient de leur parfum subtil et elle lui dit : « Vas-tu finir de me harceler, David ? Vas-tu finir avec ça ? » Elle avisa Marc qui descendait les dernières marches et les rejoignait. « Marc, toi aussi. Viens ici. Approche. »

La voix d'Irène se révélait à la fois faible et tendue. Tout le monde savait qu'il s'agissait d'une femme forte, mais elle était encore davantage que ça. Et sa foi la portait littéralement.

Marc se laissa choir dans un fauteuil d'osier. « Mettons les choses au point une bonne fois pour toutes, leur dit-elle. Écoutez-moi bien. » Elle s'interrompit un instant pour les considérer. Deux spécimens de cette race d'hypocrites. Elle regrettait de ne pas avoir son téléphone sous la main pour les prendre en photo. « La sexualité d'une femme de soixante-trois ans a-t-elle des secrets pour vous ? les interrogea-t-elle. Si c'est le cas, profitez que je sois là. Demandez-moi ce que vous voulez savoir. » Les deux frères se tortillèrent plus ou moins. « Quoi ? Le sujet vous embarrasse ? Tout va bien, il n'y a pas d'enfants dans les parages. »

Elle n'avait pas pour habitude d'entretenir les siens de ce genre de chose. David ouvrit des yeux ronds. Marc se leva brusquement – afin de pouvoir se pencher sur elle ?

« Un peu facile, non ? grinça-t-il. Tu ne vas pas nous faire le coup de l'égalité des sexes, dis-moi, j'espère ?

— Et toi ? Comptes-tu me faire la morale ? Est-ce que ta vie dissolue te donne des droits vis-à-vis de ta mère ?

— Nous ne sommes pas en train de parler de moi. Nous parlons de *ta* conduite. Et *je* suis concerné par le fait que la *moitié* de la ville est au courant de *ta* conduite.

— L'intérêt qu'on nous porte ne date pas d'aujourd'hui. Sois tranquille. Ton frère et toi y avez passablement contribué. Ainsi que ton père.

— Je le crois pas, fit David en secouant la tête. Je le crois pas. »

Elle se tourna vers lui : « Tu ne crois pas quoi ? As-tu jamais cru en quelque chose ?

— Je n'arrive pas à croire que tu te sois rendue à un rendez-vous d'amoureux. Je n'arrive pas à y croire. Que tu aies suivi ce type jusque dans sa camionnette.

— J'aurais préféré qu'il m'amène au Hilton, bien entendu. Mais tu sais ce que c'est, on ne choisit pas toujours. »

Marc ricana sombrement au-dessus d'elle. Certains voyaient leurs parents sombrer dans la sénilité, ou traîner un cancer incurable. Seule une petite fraction voyait leur mère descendre en ville pour niquer illico sur un parking après une vie de sexualité soft.

Ils en avaient parlé à Bradge qui n'avait pas d'explication. Les mécanismes à l'œuvre, en matière d'appétit féminin, demeuraient mal connus. « Je peux éventuellement réduire son traitement hormonal, leur avait-il déclaré, mais je doute que ce soit suffisant. La part du mental est trop importante chez la femme. En fait, personne n'y comprend rien. Je sais que ce n'est pas drôle pour vous, les garçons. Je sais que ça fait beaucoup avec Victor. Je me mets à votre place. Sauf que lui a des circonstances atténuantes, bien sûr.

— Rien du tout, avait rétorqué Marc. Ce connard est allé trop loin.

— Bon, je n'ai rien entendu. Tout le monde est énervé, je le conçois bien. Mais il n'avait pas le choix, je te le garantis. »

À ces mots, Marc était sorti en claquant la porte. David avait réfléchi quelques secondes puis l'avait suivi. Nicolas Bradge avait alors pensé que, de son temps, on ne traitait pas son père de connard, même s'il en était un.

Le ciel rougeoyait. Tandis que la mère et ses deux fils s'observaient en silence, le soleil disparaissait à l'horizon. Les regards brillaient. Il y avait de la douleur et de la rancœur de chaque côté – ainsi que de nombreux signes d'incompréhension. Elle préféra les mettre à la porte. « Peut-on au moins espérer un peu plus de discernement de ta part ? » lâcha David sur le seuil, avec une grimace suppliante. « Est-ce que c'est trop te demander ? » renchérit Marc en embrassant sa mère du bout des lèvres.

Aux anxiolytiques qu'on lui avait prescrits, Irène préférait le vermouth qui, après quelques verres, se révélait bien plus efficace. Elle en avait commandé deux cartons dès son retour – le sourire en coin du livreur ne lui avait fait ni chaud ni froid.

Elle en avala un double en compagnie d'Élisabeth Dorflinger qui lui rendait visite une ou deux fois par jour depuis qu'elle était rentrée et qui ne se froissait pas du peu de conversation qu'Irène lui accordait car elle adorait parler pour deux. Un double bien serré.

Après l'entrevue avec ses fils, elle avait besoin d'un supplément d'alcool.

*Ambient 4* de Brian Eno flottait dans le salon. Élisabeth était à cent pour cent du côté d'Irène, même si elle estimait que la camionnette n'était pas une excellente idée. Chaque jour, des femmes finissaient entre les mains de tueurs fous. « Mais rassure-toi. Regarde-moi : je pratique cet exercice depuis des années et je n'ai jamais eu à m'en plaindre. Au contraire. Je ne te dis pas qu'il faut se précipiter dans les bras du premier venu, certainement pas. La précipitation, voilà l'ennemi. Et rien ne vaut une chambre dans un cinq-étoiles si tu vois ce que je veux dire – personnellement, il me faut une grande salle de bains, de préférence ultramoderne. Je ne comprends pas comment tu as pu... enfin bon, sois un peu plus classique à l'avenir... plus tard, peut-être, quand tu auras acquis de l'expérience... enfin bon, tu n'as pas eu de chance. Ne revenons pas là-dessus. La mauvaise nouvelle, vois-tu, serait que cette sinistre épreuve t'ait brisée dans ton élan. Ne me dis pas que c'est le cas. Ne dis rien. Il est encore trop tôt. Prends ton temps. N'hésite pas à me demander conseil. Tu sais, j'ai réellement un don. Je les repère à des kilomètres. Je ne veux pas avoir la moindre histoire. Attends. Le sexe doit être une pure friandise. Rien de lourd, rien de compliqué, rien de mauvais ne doit en sortir. Attends. C'est bon pour ce que nous avons. C'est la seule lotion anti-âge qui soit efficace. Arrêtons de nous raconter des blagues... »

Une demi-heure plus tard Élisabeth déclara qu'elle en avait assez dit et elle retourna chez elle en fumant une cigarette dans la nuit parfaitement tranquille – on entendait cependant une chouette à l'orée de la forêt. Le gazon des jardins brillait sous la lune.

Irène, qui la suivait des yeux depuis la terrasse, lui adressa un dernier signe avant qu'elle ne disparaisse à l'intérieur. Puis elle termina son second vermouth. Le silence revenu se révélait doublement bon, doublement agréable après chaque départ d'Élisabeth. Irène se demandait si son amie n'était pas devenue de plus en plus bavarde avec le temps, si le fait de vivre seule conduisait à ce travers inéluctable.

Elle rinça son verre et monta – elle n'avait aucune envie de se retrouver en tête à tête avec Victor lorsqu'il rentrerait, ni avec qui que ce soit d'autre, en l'occurrence. Elle ne tenait pas encore la grande forme. Cramponnée à la rampe. Marche après marche. Dos voûté – elle qui se tenait si droite d'habitude. Deux côtes enfoncées. Légèrement ivre. Boitant.

Elle se déshabilla dans sa chambre. Se débarrassa de son jogging avec mille précautions, mille grimaces tandis que son bain coulait. Elle se posta devant la glace. Le spectacle était désolant. Des marques vertes, des marques rouges, des marques noires, des marques jaunes, des marques violettes. Un nuancier complet à elle seule. Sa carrière amoureuse, si tant est qu'elle voulût poursuivre dans cette voie, semblait pour le moment sérieusement compromise – son œil poché, injecté de sang, sa bouche tuméfiée, son nez éclaté en auraient écarté plus d'un à eux seuls.

Elle mit un bandeau, s'appliqua une crème, puis se glissa dans son bain en prenant soin de ne pas y tremper ses pieds. Ses deux fils avaient un cœur dur.

# 8.

Victor le pensait également. David et Marc ne lui adressaient plus la parole. L'évitaient ostensiblement, si bien qu'il n'avait guère de chances de pouvoir s'expliquer.

S'imaginaient-ils qu'il était éternel ? Qu'ils pouvaient se permettre de couper les ponts avec un homme de soixante-dix ans passés sans risquer de ne plus jamais pouvoir lui adresser la parole ? Avaient-ils à ce point perdu toute espèce de sentiment pour lui ?

Chaque jour, la mort le guettait. Personne, en dehors de lui, ne semblait en être conscient. Personne ne semblait prendre la mesure du drame permanent qu'il vivait. Personne.

Il se pliait en quatre pour Irène, lui consacrait le plus clair de ses journées mais il n'obtenait rien en retour. Il serrait les dents. Quelquefois, il avait l'impression que son cœur s'emballait. Ils allaient finir par avoir sa peau, tous autant qu'ils étaient. Ça en prenait le chemin, non ?

Il s'en fallait de peu qu'Irène l'ignorât totalement.

Il avait craint tout d'abord qu'elle n'ait subi un énorme choc et ne restât prostrée dans ce cauchemar où la cervelle du menuisier dément avait été vaporisée dans les fourrés et sur la figure de cette pauvre Irène, suite à l'intervention d'une troupe d'élite de la police aéroportée assez habile de la gâchette. Puis il découvrit qu'elle n'avait subi aucun dommage d'ordre psychologique, rien qu'elle n'ait pu surmonter dans les quelques heures qui avaient suivi – en particulier grâce à une minutieuse toilette et à une véritable cuite au vermouth qui l'avait assommée durant vingt-quatre heures.

À cette occasion, elle n'avait pu regagner sa chambre – ce qui ne lui était jamais arrivé. Elle avait traversé la moitié du salon puis s'était effondrée devant la première marche de l'escalier. À un cheveu de perdre conscience.

Légèrement inquiet, Victor s'était levé du canapé. Allait-il avoir la force de la soulever puis de la porter jusqu'à sa chambre ? Allait-il se niquer les reins une fois de plus, rester plié en deux pendant quinze jours à croquer des anti-inflammatoires avec les larmes aux yeux ?

Dix minutes plus tard, il s'élançait vers l'étage avec sa femme que par miracle il était parvenu à hisser sur son dos.

Il en avait bavé des ronds de chapeau. Ce corps – le sien – qui ne pouvait plus, à présent, se livrer sans frémir à l'exercice de base qui consiste à transporter une femme saoule jusqu'à sa chambre, ce corps, cette maudite carcasse condamnée au délabrement, quelle tragédie, quelle terrible, ignoble tragédie.

Il y pensait plusieurs fois par jour, environ toutes les heures. Il venait d'avoir un entretien avec le maire – un type de soixante ans au teint hâlé, bon joueur de golf, amateur de jeunes femmes et de trot attelé – et les premiers mots de celui-ci avaient été pour la soi-disant forme époustouflante dans laquelle se maintenait Victor depuis la dernière fois qu'ils s'étaient vus. Du pur baratin. Victor le savait. Les dernières épreuves traversées, moralement, nerveusement, les blessures de son visage, de son corps, de ses pieds, constituaient le parfait exemple du type en pleine santé, qui rajeunit de jour en jour.

Un instant plus tôt, Valérie Ardentropp, sa secrétaire, s'était écriée que les années semblaient glisser sur lui. Il avait besoin d'elle. Le séjour qu'elle avait effectué en clinique à la suite de son numéro de forcenée n'avait pas arrangé les affaires de Victor. Elle était irremplaçable. Il lui avait apporté une corbeille de fruits et les meilleurs chocolats de la ville, et avait dû lui tenir les mains durant de longues minutes et les caresser en attendant qu'elle accepte de reprendre leur chère et merveilleuse collaboration. Il lui avait réitéré son estime. Avait loué son efficacité, la complicité qui les liait depuis des années. « Ne me laisse pas tomber, lui avait-il glissé à l'oreille. Sois chic. Je n'en ai plus pour très longtemps. » Entendant cela, elle avait sauté au plafond. Elle aussi lui trouvait bonne mine.

Alors qu'il avait un pied dans la tombe. A-t-on les deux pieds sur terre à soixante et onze ans ? On a un pied dans la tombe. Difficile de prétendre le contraire. Même si l'on a les joues roses, qu'on pisse droit et qu'on a hérité d'une nature optimiste, il ne faut pas se boucher les yeux. On arrive au galop dans la dernière ligne droite, quoi qu'on fasse, que l'on se bourre de pilules ou qu'on se crucifie sur un vélo d'appartement.

Quelques rues encore inondées à l'ouest du Lafayette l'obligèrent à un détour qui le fit passer devant le garage de ses fils. Il ralentit. En temps normal, il se serait arrêté. Il ratait rarement l'occasion de se replonger dans un bain qu'il avait aimé, auquel il avait consacré la moitié de son existence. À l'époque, il s'agissait d'une terre sauvage, couverte de joncs, que lui et les malins dans son genre avaient achetée pour une bouchée de pain, pariant sur l'inéluctable développement de la ville, son inexorable expansion territoriale. Une époque du tonnerre, pour l'investisseur avisé – mais difficile d'être au four et au moulin, si bien qu'Irène avait beau jeu de lui reprocher son manque d'investissement paternel.

Il aimait cet endroit comme on aime une personne. Les vitrines, les salons, l'atelier, le parc automobile, les bureaux. Il fallait qu'il y traîne un peu, de temps en temps, pour le bruit, pour les odeurs, pour l'ambiance.

Il sentit sa gorge se serrer et accéléra. Il n'était pas près de pouvoir y retourner. Sa bouche en devint toute sèche.

« Je n'oublierai jamais le jour où nous avons ouvert, déclara Valérie Ardentropp tandis qu'ils s'éloignaient de l'enseigne Mercedes dont les lumières commençaient à danser dans le crépuscule. Ça ne vous rappelle rien ?

— Bien sûr, Valérie. Bien sûr que ça me rappelle quelque chose. Nous étions jeunes. Ça s'est passé il y a un million d'années.

— Tant que ça ? »

Il ne pouvait se payer le luxe de se disputer avec elle. Ni même de la contrarier. Elle s'occupait de ses affaires depuis trente ans. S'il en avait douté, il avait eu le loisir de vérifier qu'il ne pouvait s'en sortir sans elle. S'il voulait la virer, il devait commencer par lui trouver une remplaçante – une fille qu'il mettrait des mois à former, l'horreur.

« Je t'ai fait livrer des fleurs, lui dit-il. J'espère que tu apprécieras. Rien ne vaut d'être accueilli chez soi par quelques roses, tu es d'accord.

— Formidable. Mais Victor, vous n'étiez pas obligé.

— Je n'étais pas obligé. Exact. Pas plus tard qu'hier, je pensais à toi et je songeais que tu étais sans doute ma plus ancienne amie. »

Il était impératif qu'elle se remît rapidement au travail – il était incapable de taper trois lignes à la machine, de trier son courrier, de tenir ses comptes, de régler ses factures, de noter ses rendez-vous, etc.

Tandis qu'elle se penchait sur ses roses d'Équateur dans son atroce minijupe, il regarda autour de lui et déclara que, si elle choisissait de travailler à domicile, il lui prendrait un abonnement pour le haut débit et toutes les chaînes de télé payantes et lui ferait livrer l'*Aeron* de chez Hermann Miller afin qu'elle soit parfaitement bien assise, l'*Aeron* habillé du tissu de son choix.

Il ne fallait pas regarder à la dépense. Tant qu'elle

ne cherchait pas à lui glisser une main dans le pantalon, il était prêt à tout accepter.

« Ça va mal, soupira-t-il. Que je t'explique la situation. En deux mots. J'ai torpillé le procès que mes fils voulaient intenter à la mairie. J'ai déclaré que nous étions avertis des travaux mais que nous n'avions pas pris les mesures nécessaires. Est-ce que tu me suis ? En tout cas, laisse-moi te dire que je ne me suis pas donné le plus beau rôle. Je suis un parfait salaud, de leur point de vue. Quant à Irène, tu sais ce qui lui est arrivé. Donc voilà où nous en sommes. Les épisodes que tu as manqués. Comme tu peux le remarquer, nous n'avons pas chômé. »

Elle lui prit la main à son tour. Victor passa en état d'alerte maximum. Se tenant prêt à bondir sur ses jambes. « M'inviter à un concert ? Est-ce que vous le ferez ? murmura-t-elle.

— Je te l'ai promis, Valérie. Je m'y suis engagé. Dès que la salle rouvrira ses portes et à condition d'échapper aux *Quatre Saisons* de Vivaldi, et si tu consens à passer une robe longue. Je n'ai qu'une parole. »

Elle inspecta ses placards et lui proposa de partager un peu de riz et des cuisses de poulet à la crème, congelées. Le plaisir d'être réintronisée à son poste semblait lui faire perdre toute raison, tout souci des convenances. Bientôt, elle allait lui taper dans le dos.

Il déclina l'invitation qu'il qualifia cependant de fort alléchante.

Il huma l'air sur le trottoir. Il y avait un bar, à l'angle de l'immeuble. Mais il s'agissait d'un bar gay. Et boire un verre dans un bar gay avait toujours été au-dessus de ses forces.

Pendant ce temps, David et Marc s'apprêtaient à quitter le garage après avoir passé des heures à vérifier certains papiers concernant un lot de trois Mercedes en parfait état que David avait acheté quelques jours plus tôt, un lot parmi tant d'autres lorsqu'ils s'étaient employés à reconstituer leur parc de véhicules d'occasion le plus vite possible.

On les avait livrées dans l'après-midi. Des classe S. Il leur fallut un moment avant d'accepter la réalité. La triste réalité. Se faire mettre à ce point-là. Cela leur semblait incroyable. Comme de vulgaires débutants. Autant dire jusqu'à la garde.

Marc poussa une espèce de rugissement. David pâlit. Béa cessa de respirer. Puis ils sautèrent dans l'escalier pour rejoindre le parking et foncèrent vers les trois Mercedes.

Un ballet soudain, nerveux, aux pneumatiques sifflants, s'instaura entre les trois véhicules qui promptement gagnèrent l'atelier comme si la brousse était en feu. Marc actionna la fermeture du rideau métallique. Il faisait déjà nuit. Ils attendirent que le silence retombe. Aux aguets. Le souffle court.

David abattit son poing sur le capot d'une 500 S couleur perle qui s'incurva. « Pourquoi suis-je aussi con... », grogna-t-il. Béa jugea que la moitié des torts lui incombaient car son job consistait aussi à engager les vérifications nécessaires, à s'assurer que tous les papiers étaient en règle, le vendeur clairement identifié. Marc les déculpabilisa, avançant que tout le monde était crevé et archidébordé et à la merci d'une telle bourde – même si le mot était faible.

David et Béa échangèrent un coup d'œil discret. L'humeur de Marc était devenue un sujet d'étonnement quotidien. « Quel changement », entendait-on ici et là. « Quel type cool », ronronnaient dactylos et autres, elles qui avaient connu ses colères et les cloisons qui tremblaient. Attentif témoin d'une telle métamorphose, le cœur de Béa se serrait de mélancolie mais elle devait admettre que cette Édith faisait du bon travail. Quelque chose en Marc s'était apaisé, assurément. On l'aurait entendu, alors, pour les trois Mercedes. Il n'aurait pas abordé le sujet avec philosophie, avec le flegme dont il allait faire preuve quand cette tuile allait tomber. Il fallait se montrer bonne joueuse. Il fallait porter au crédit de cette femme l'embellie qui adoucissait le caractère de Marc.

Béa pensait qu'une importante activité sexuelle, rassasiante, se trouvait à l'origine de ce nouveau rapport au monde. Des tensions avaient disparu. Le garage entier était ravi. Cette femme, cette Édith, songeait-elle. « On voit tout de suite que c'est un bon coup. » David ne tenait pas à en parler. « Soyez certains qu'elle sait s'y prendre. » David tournait les talons et sortait.

« Si on les trouve ici, nous sommes fichus, fit Marc. On ne s'en relèvera pas. »

Il avait raison. Pour un garage, les voitures volées étaient comme le mildiou pour la vigne : une calamité. De la dynamite. David et Béa le savaient parfaitement bien. Avaient-ils eu besoin, tous les trois, de se consulter pour sauter dans les maudites berlines en question afin de les mettre à l'abri, de les planquer autant que faire se pouvait ? Une trouille bien légitime, qui faisait planer une ambiance électrique dans l'atelier.

Les deux frères se regardèrent. D'un côté, il y avait la solution normale qui consistait à prévenir les flics et à s'armer de courage contre le flot d'emmerdements qui s'abattait fatalement sur ceux qui faisaient confiance à la justice de leur pays – plus d'un le regrettait. De l'autre côté, il y avait un ravin à une vingtaine de kilomètres. Les voitures se fracassaient sur les rochers avant de toucher le fond. L'endroit était réputé pour ça. Quand elles devenaient trop encombrantes pour une raison ou pour une autre, elles faisaient le grand plongeon. Certaines carcassses étaient là depuis la guerre. L'endroit était connu pour ça.

Ils laissèrent la Porsche de David près du ravin et retournèrent au garage en écoutant quelques morceaux de Courtney Love – que Marc appréciait grandement pour le trouble qu'elle provoquait chez lui en mêlant un superbe talent à une vulgarité sans bornes. David préférait P. J. Harvey, physiquement parlant. Comme ils ne roulaient pas vite, peu enclins à être pris en chasse par un motard à moitié borné, ils gardaient leurs vitres baissées et une odeur de forêt-la-nuit tournoyait dans l'habitacle tandis que la lune éclairait la route.

Marc s'interrogea tout haut sur l'éventualité d'un coup monté orchestré par la mairie, afin de les frapper tandis qu'ils se trouvaient à terre. David répliqua qu'ils en étaient capables. D'ailleurs, qu'ils l'aient fait ou non n'avait ainsi aucune espèce d'importance. « Ce sont des types suffisamment tordus. Ce sont des tueurs, tout simplement. Vincent nous avait prévenus. Ça ne m'étonnerait pas une seconde, si tu veux savoir. Bien sûr qu'ils en sont capables. Ce sont de vrais tarés, ces gens-là. Nous ferions bien de nous méfier un peu plus. »

Marc acquiesça. Tout était possible. Ils s'attendaient presque à voir des gyrophares dans le parking et des flics revolver au poing.

Mais ils ne trouvèrent nul remue-ménage en arrivant. Le plus grand calme régnait. Les drapeaux et les fanions flottaient doucement au vent.

« En tout cas, fit David, je suis content que cette histoire n'ait pas donné lieu à l'une de nos sinistres engueulades. Je n'en avais vraiment pas envie.

— Nous avons mieux à faire, à présent, non ?... que de gaspiller nos forces... tu n'as pas cette impression ? »

Après quelques secondes de réflexion, David finit par admettre que oui et hocha silencieusement la tête tandis que son frère se garait sur le côté de l'atelier.

Béa les attendait. Elle avait commandé deux plateaux de sushis et de la Foster's qu'ils avalèrent en trois minutes avant de se mettre en route pour le ravin.

Les trois Mercedes sortirent de l'atelier en file indienne et s'engagèrent sur l'avenue comme un minicortège funèbre. Marc en tête, au volant d'une 600 rouge brique, suivi de Béa qui conduisait la

500 gris perle. David fermait la marche. Et ils se mirent à transpirer, à prier pour que le voyage se termine sans encombre. Lorsqu'ils s'arrêtaient à un feu, on entendait leurs dents et leurs genoux jouer des castagnettes. Ils échangeaient de sombres regards dans les rétroviseurs, le cou rentré dans les épaules. Malgré les clims sophistiquées qui équipaient chaque véhicule, le parfait confort des sièges et la douce quiétude du ciel étoilé, ils avaient une boule au creux de l'estomac.

S'ils se faisaient prendre, cette plaisanterie allait leur coûter très cher. Très, très cher, si la mairie était effectivement derrière tout ça.

À la sortie de la ville, ils tombèrent sur des camions de pompiers qui obstruaient la route. Des flics faisaient signe aux voitures de ralentir. De rouler au pas. Les flics se baissaient pour jeter un coup d'œil à l'intérieur des véhicules. Marc respira profondément. Ils risquaient de tout perdre sur ce coup. Devant, dans le clignotement des lumières, les pompiers s'agitaient, manœuvraient leurs engins.

Marc s'arrêta et baissa aimablement son carreau. S'accouda à sa portière, souriant. Il demanda ce qui se passait et discuta avec eux durant une bonne minute. Pendant ce temps, Béa se rongeait férocement les ongles et David avait mis ses oreillettes et il écoutait un morceau de Jimmy Hendrix à plein tube, les yeux baissés.

Lorsqu'ils parvinrent au ravin, un quart d'heure plus tard, ils avaient encore les nerfs en compote. Mais ils estimaient que le plus dur était passé. Sans se faire prier, ils échangèrent certaines informations concernant les réactions des uns et des autres au moment où les flics avaient surgi devant eux. Béa, par exemple, déclara qu'elle avait cru que sa dernière heure était arrivée.

Marc la fixa un instant d'un œil incrédule. Ils se trouvaient à l'orée d'une clairière assez vaste qui se terminait par un gouffre. Au fond duquel, gavé de sombres roches, d'arbres morts et de carcasses multiples – voitures, frigos, engins, mobylettes – coulait un torrent noir, écumant qu'on entendait ronfler et gronder d'en haut.

Ils ne devaient pas traîner.

La 600 S rouge brique, l'un des fleurons de la marque, continua sur son élan, sembla planer un court instant au-dessus du vide – à peine trois mille kilomètres, pas une éraflure, pas de sang sur les coussins, un véritable gâchis – puis elle bascula en avant comme un oiseau de proie en piqué. Puis on entendit un épouvantable choc – mélange de tôle enfoncée, de verre explosé, de branches cassées –, aussitôt suivi par d'autres à mesure que la 600 dégringolait en grinçant entre les murailles de pierre.

Tous ceux qui s'étaient ici débarrassés de quoi que ce soit, au fil des années, pour une raison ou pour une autre, s'étaient précautionneusement penchés au-dessus du gouffre une fois leur besogne accomplie, mais on ne voyait rien. Trop sombre, trop profond, trop encaissé. Tout ce qui passait par-dessus bord disparaissait.

Béa, cramponnée au bras de Marc, frissonna en s'écartant du bord – un air plus frais, humide, s'en échappait.

Derrière eux, David tomba à genoux et commença à suffoquer. La nuit était claire, si bien qu'en s'écriant qu'il devenait tout bleu, Béa n'inventait rien.

L'endroit n'avait pas bonne réputation. Si l'on y venait aujourd'hui pour se débarrasser d'objets encombrants, le bruit courait qu'on y avait jeté des vierges autrefois, ou encore des soldats ennemis, des femmes adultères, enfin bref, et qu'il n'y rôdait rien de bon de l'avis général.

Béa pensait que le malaise de David – qui, après s'être violemment étouffé durant quelques minutes, avait longuement vomi – en constituait une preuve supplémentaire, mais Marc la rabroua tandis qu'il engageait la Porsche sur le cahoteux chemin du retour. « Non, attendez, Béa, épargnez-moi ça, d'accord ? » fit-il en jetant un œil sur son frère qui gémissait à l'arrière cependant que la fidèle secrétaire – soudain légèrement renfrognée – éventait David au moyen d'une brochure proposant des téléphones gratuits.

Marc s'en voulait de n'avoir pas anticipé la réaction de David. C'était stupide de sa part. Bonne fille, Béa déclara qu'avec la meilleure volonté on ne pouvait garder un œil sur tout – elle-même n'ayant pu empêcher sa sœur, Martine, de s'ouvrir plus ou moins les veines au lendemain de ses déceptions conjugales.

« Quel imbécile je fais, déclara-t-il néanmoins.

— Voyons, ne dites pas ça.

— Alors comment appelez-vous ça ? Quand vous avez un frère qui s'évanouit en regardant *Destination finale 2* dès le premier tonneau ? Merde, vous trouvez que j'ai des excuses ? Que ce n'était pas prévisible ? »

Il fut tenté d'appuyer sur l'accélérateur mais l'époque où l'on pouvait rouler librement – où l'on n'était pas encadré comme du stupide bétail et traqué du matin au soir – appartenait au passé. Faute de mieux, il se mordilla la lèvre.

David retrouva une partie de ses esprits à l'entrée de la ville, tandis qu'ils longeaient les voies ferrées dont le ballast, par endroits, sortait à peine de l'eau. Il adressa une grimace à son frère :« Laisse-moi descendre, soupira-t-il. J'aimerais vomir encore un peu. »

Victor ouvrit la porte. Fronça légèrement les sourcils – avec sa tête cabossée, son nez brillant comme une courge – en avisant ses deux fils. L'aîné, le coureur à pied, semblait en petite forme et d'humeur morose – il avait le teint olivâtre, le plastron de sa chemise arborait une large auréole d'origine douteuse. Il s'appuyait à l'épaule du cadet, le va-t-en-guerre, qui gardait les mâchoires serrées et considérait son père d'un air sombre, sans compatir une seconde..

Charmant tableau. Assurément, certaines questions s'imposaient. Mais Victor connaissait assez bien ses fils et il tourna les talons sans prononcer un mot. « Faites comme chez vous », lâcha-t-il cependant, sans se retourner, quand il fut à dix mètres.

N'apercevant pas leur mère – Victor, apparemment, n'avait pour compagnie qu'un vague documentaire sur l'utilisation de placenta dans la fabrication de cosmétiques – les deux frères montèrent directement à l'étage, qui pour faire un brin de toilette avant de se présenter devant son épouse, qui pour ne pas partager l'air d'un vieux salopard dégénéré.

Irène demanda à Marc si « vieux salopard dégénéré » était désormais l'étiquette qu'il comptait réserver à son père. Il acquiesça. Il ajouta qu'il préférait ne pas en parler. Par contre, il lui raconta ce qui s'était passé et elle le traita d'imbécile.

Elle avait parfaitement raison. Il n'avait pas fait preuve de beaucoup de jugeote, comme on dit. Mais il préférait qu'elle ne le traitât pas d'imbécile, si ça ne l'ennuyait pas. Il se pencha à la fenêtre et remarqua que le ballet des prostituées avait repris tout en bas, au bord du fleuve, que le spectacle allait recommencer sur les banquettes arrière pour celui qui possédait de bonnes jumelles.

Comme elle s'approchait de lui, sur le balcon, il s'efforça de la regarder sans trahir d'émotion. La faible luminosité du soir se montrait plus aimable avec les zones violacées du visage de sa mère. « Je trouve que tu récupères bien », lui dit-il.

Elle renversa la tête en arrière et ricana. « J'ai été aspergée par la cervelle de cet homme, tu sais. Il me faut encore du temps. » Une version atténuée des gargarismes de David leur parvenait. « Tu pourrais faire un peu plus attention avec ton frère, reprit-elle. Je me demande où tu avais la tête.

— J'essayais de me débarrasser de voitures volées avant de finir en cellule, déclara-t-il.

— Bon, très bien, admettons. Mais David ressemble à son père. C'est un émotif qui s'ignore. Son père, des professeurs, des célébrités médicales ont sauté dans un avion pour l'examiner. Que dis-tu de ça ?

— Rien du tout. Je lui conseille de ne pas être pris d'un malaise devant moi. C'est tout ce que j'ai à dire. Je te rappelle que ce type t'a laissée tomber sans le moindre scrupule. David et moi t'avons portée à bout de bras. Si tu l'as oublié, moi je ne l'ai pas oublié.

— Rassure-toi. Ma mémoire va bien. Mais les problèmes que j'ai avec ton père sont *mes* problèmes. Essayons de ne pas tout mélanger. »

Ils échangèrent un regard silencieux. « Est-ce que tu sais ce que ça m'a fait ? grogna-t-il. Est-ce que tu sais ce que j'ai ressenti ? Je ne le croyais pas capable d'une chose pareille. Quand je lui demandais de choisir son camp, je ne pensais même pas qu'il pourrait y réfléchir une seconde. Tu veux un bon conseil ? Flanque-le dehors. Tu n'as qu'un mot à dire et je m'en charge. »

Irène soupira. Ainsi que l'avait pressenti Bradge, le climat n'était pas propice à la douillette convalescence qu'elle méritait. « As-tu remarqué que ton frère et toi ne viviez plus dans cette maison ? Au cas où ce détail t'aurait échappé, sache que la solitude que tu me proposes n'est pas le paradis auquel j'aspire dans l'immédiat. Vois-tu, je le déteste, mais je suis contente qu'il soit là, ces jours-ci. Ne me demande pas de t'expliquer cette chose. Sa présence, depuis que vous n'êtes plus là... je ne sais pas comment dire. Nous nous connaissons si bien, lui et moi... j'entends, dans la mesure du possible... prends ça en considération. »

Marc roula vers le ciel noir des yeux de pur cinglé, feignant de tituber sous le poids de l'énormité qu'il venait d'entendre. « Qu'est-ce que j'entends ? Mais je rêve.

— Écoute, tu ne sais rien. Tu ne connais rien. Je ne suis pas en train de dire que je l'accueille à bras ouverts. Est-ce que j'ai dit ça ?

— Pas besoin. C'était très clair. »

Irène savait qu'il ne servait à rien de discuter avec Marc. Elle avait le net sentiment que le face-à-face qui opposait le père au fils mûrissait depuis toujours, le très net sentiment. Sur Marc, comme sur David, Victor exerçait encore un étrange pouvoir. Parfois, on avait l'impression que les deux frères tâchaient de sortir d'une prise de lutte, d'un ciseau à la tête par exemple.

« Pourquoi, reprit-il en avisant du coin de l'œil l'étoile du berger, n'en profiterais-tu pas pour revoir ton jugement à propos d'Édith ? Hein, après vingt ans, qu'en dis-tu ? Tu veux que nous soyons davantage autour de toi ? Eh bien, tu sais quoi faire. »

Elle baissa les yeux tout en amorçant un demi-tour. Elle espérait pouvoir marcher correctement d'ici à quelques jours – se rendre à l'église en premier lieu, car elle se sentait pleine de reconnaissance, éprouvée mais sans doute bien moins éprouvée qu'elle aurait dû l'être tant sa faute était grande, tant ses péchés étaient immenses.

Son fils arriva à la porte avant elle et lui en bloqua l'accès. Elle s'assit donc sur le lit car, quelque change qu'elle donnât sur sa prétendue forme, la station debout demeurait pénible.

« Tu n'es pas complètement stupide, déclara-t-il. Tu vois très bien dans quelle situation je me trouve.

— Tu es là où ton entêtement t'a conduit. À quoi t'attendais-tu donc ? »

La porte s'entrouvrit, la poignée buta dans les reins de Marc. Visiblement, David avait trouvé une chemise propre et s'était pincé les joues, ce qui lui donnait meilleure mine.

Il entra. « La bande-son était particulièrement éprouvante, ricana-t-il. Cette bagnole qui s'écrasait au fond du ravin, merci. En tout cas, cette fois, je n'ai pas pissé dans ma culotte. »

La plaisanterie tourna court. Après les avoir examinés l'un et l'autre, il s'informa sur le thème de la conversation. En même temps, il prenait conscience qu'ils étaient de nouveau réunis tous les trois et un souffle de nostalgie l'enveloppa. L'époque n'était pas si lointaine où tout allait bien. Les bouleversements qui s'étaient succédé depuis le retour d'Édith – même si elle n'était responsable que d'une faible partie d'entre eux –, ce chaos qui se produisait, se déclenchait tous azimuts, ne pouvaient que faire regretter cette période. Il se voyait encore quittant Josianne au petit matin, passant par-derrière et filant ventre à terre vers les jupons de la liberté. Il n'y avait pas si longtemps. Il n'y avait encore eu ni morts, ni blessés d'aucune sorte, ni mariages, inondations ou avanies en tous genres.

Lorsqu'il reporta son attention sur sa mère, celle-ci lui demandait s'il se sentait en état de conduire. Il se posta en équilibre sur une jambe, coude au genou, main sous le menton, mais son humour n'avait pas la cote, ce soir-là.

Il se redressa. « Tu veux savoir ce que je pense ? Tu veux connaître mon point de vue ? *Ma* réaction est normale. *Ma* réaction. *La sienne* ne l'est pas », fit-il en indiquant Marc d'un signe de tête. Puis il souleva son polo pour montrer ses cicatrices. « Bon, nous avons été à deux doigts de la mort. J'avais perdu des litres de sang. Je me suis vu quitter mon corps quand les chirurgiens se sont penchés sur moi. Tu m'as fait donner l'extrême-onction. Ce n'est pas suffisant ? Ce n'est pas assez ? Je ne sais pas, il y a des limites. Quarante-huit heures dans le coma, ça vous sonne forcément les cloches, aussi peu que ce soit. »

Ils demeurèrent un instant silencieux, dans leurs pensées et leurs souvenirs – quant aux deux frères, le grand saut qu'ils avaient exécuté vingt ans plus tôt tenait du jaillissement lumineux pour commencer. Sans raison, Irène haussa les épaules.

David se frotta le menton. « Inutile d'aller inquiéter Josianne avec ça. Je vais bien. Je me sens bien. C'est juste que je n'aime pas beaucoup les accidents de voiture. Les valdingues et les tonneaux, merci. »

Alors qu'avant il conduisait la Stratos à fond de train au milieu des collines. Personne n'allait aussi vite que lui.

De l'autre côté de la porte, plié en deux, Victor les épiait. Tremblant de colère froide et de désappointement, il espérait glaner quelques informations qu'on lui cachait, quelques méchancetés échangées sur son compte. Sous son propre toit, dans sa propre maison. Sans la moindre considération pour son âge.

Le rapport sexuel qu'il avait discrètement et habilement imposé à Irène le jour où des trombes d'eau s'étaient abattues sur la ville et à partir duquel il comptait fonder la renaissance de leur union – bien qu'ils n'en eussent jamais évoqué la couleur, Irène invoquant un trou noir ou un blanc, bref une totale absence –, était devenu un handicap depuis qu'elle était tombée entre les griffes du psychopathe. De l'eau allait sans doute couler sous les ponts avant qu'elle ne redevienne disponible, partante pour de nouveaux transports de type charnel – fût-ce dans le cadre d'un contrat de mariage approuvé par l'Église et l'eût-il prise avec d'infinies précautionneuses pincettes enveloppées de coton. Dans ces conditions, il ne manquait plus que le différend qui l'opposait à ses deux fils ne l'enfonce un peu plus, qu'ils n'en profitent pour lui casser quelques tonnes de sucre sur le dos en sorte que l'infâmie soit totale.

Rien ne s'arrangeait avec le temps. Parvenir à cette conclusion ne demandait aucun effort de l'esprit. Chaque bataille devenait plus rude. Chaque douleur plus profonde. N'importe quel vieillard avait accès à ce niveau de pure connaissance. Chaque vie se terminait dans un chaos de défaites successives. L'œil à la serrure, Victor ruminait ces choses. À une autre époque, il aurait sans doute enfoncé la porte ou serait allé dîner en ville.

Irène lui était-elle reconnaissante du choix qu'il avait fait ? Avait-elle accueilli son geste avec la compréhension et la sympathie qu'il méritait ? S'était-il aliéné le respect et la relative attention que ses fils lui portaient pour des clopinettes ?

Il n'avait rien obtenu d'elle. Il passait le plus clair de son temps sur le balcon, à peine protégé d'un parasol et d'un paréo qu'il tirait sur ses maigres jambes dès qu'elles glissaient hors de l'ombre –, s'il n'avait pas, quant à lui, été violé, violenté, battu, il n'en portait pas moins de sérieuses marques et d'aucuns, des cœurs un peu plus tendres, acquis aux cheveux blancs, l'auraient assurément pris en pitié. Mais pas Irène.

Sans doute émergeait-elle à peine d'une terrible aventure qui ne lui laissait guère le loisir d'appréhender les problèmes annexes avec l'objectivité et la sérénité nécessaires. Soit. Mais un mot n'était pas le bout du monde. L'esquisse d'un sourire ne l'aurait pas tuée. De sorte qu'il avait par moments l'impression d'avoir été floué, d'être perdant sur toute la ligne.

La porte qui s'ouvrit à la volée le trouva donc courbé en deux, l'œil à la serrure, comme le dernier des indélicats. Se redressant vivement, il se coinça de nouveau un nerf et la douleur, fulgurante, le cloua sur place, humectant du même coup son front d'une sueur glacée.

Marc, qui tenait encore la poignée à la main, le considéra d'un œil méprisant tandis que les deux autres prenaient un air accablé.

« De mieux en mieux », ricana Marc.

Irène avait déjà assisté à leurs empoignades, à leurs affrontements – que Victor finissait par remporter la plupart du temps, même lorsqu'ils se tenaient à deux contre lui. Elle y avait assisté suffisamment de fois pour ne plus y trouver le moindre intérêt et ce soir-là encore moins que d'ordinaire.

Elle ne voulait pas les entendre crier, frapper du poing sur la table, s'envoyer des paroles cinglantes à la tête, etc. Elle pensait avoir droit à un minimum de calme autour d'elle et il semblait évident que la trahison de Victor allait devenir une expérience unique dans ce domaine, pleine de bruit et de fureur. Elle se boucha les oreilles, se leva de son lit et fila droit vers la porte en les priant instamment de lui ficher la paix et *surtout* de ne pas la suivre. Elle savait parfois employer un ton qui paralysait le père comme les fils lorsqu'ils atteignaient certaines limites qu'elle ne pouvait leur laisser franchir. Elle s'engagea dans le couloir en claudiquant, aidée d'une canne – à présent que Victor en utilisait une, lui aussi, le ridicule était à son comble –, descendit l'escalier en se tenant fermement à la rampe, sortit, traversa son jardin que la lune argentait, longea le trottoir, pénétra en sens inverse dans celui d'Élisabeth, sonna, entra et se laissa choir sur le canapé.

« Puis-je t'envahir une petite heure ? fit-elle. Ils sont tous les trois à côté.

— Bien sûr. Je sais qu'ils sont à côté. Je sais encore me servir de mes yeux. Une heure ? Tant que ça ?

— Victor est coincé. Son dos. Je pense que ça peut ralentir les choses.

— Son dos ? Encore ? Cette fois il devient vraiment vieux, ma parole.

— Il n'était pas beau à voir. Son visage a viré au

gris. J'ai cru, je ne te mens pas, que ses yeux allaient lui sortir de la tête. Enfin, j'espère qu'ils vont le transporter dans une chambre car je n'aimerais pas le trouver sur ma descente de lit en rentrant, figé dans la même position... vois-tu, versant des larmes de douleur et m'adressant une requête silencieuse, à laquelle je ne comprendrais rien.

— Je t'ai dit ce que j'en pensais. Tu n'aurais pas dû le laisser revenir. Les avantages sont trop maigres. Regarde-moi : je dépense une fortune pour qu'ils me gardent William dans ce sanatorium. Et je serais prête à payer le double. Tu penses que c'est pour le seul plaisir de dépenser mon argent ?

— Je sais. Je suis parfaitement stupide. Sers-moi quelque chose à boire. Et ce n'est pas tout. Sais-tu ce que je viens d'apprendre ? David vient d'avoir une crise. Quelle famille d'estropiés, non, tu ne crois pas ? Marc semble passer au travers des gouttes, mais pour combien de temps ?

— Personne. Personne ne peut passer au travers des gouttes, Irène, voyons, tu le sais aussi bien que moi. Marc sera touché d'une façon ou d'une autre. »

À cet instant, elles se tournèrent vers la maison dont les deux frères venaient de sortir brusquement, la mine sombre. Puis un vieillard apparut, littéralement accroché au chambranle de la porte, fulminant entre ses dents.

« Je ne me moque pas d'un homme qui souffre d'un lumbago, soupira Élisabeth en sortant des verres. Tu te souviens de mon père ? Le pauvre les collectionnait.

— Sais-tu ce qu'il m'a demandé ? Sais-tu ce que *Marc* m'a demandé ?

— Non. À propos de quoi ?

— D'Édith. À propos d'Édith. Tu imagines un peu ? Tu imagines ce qu'il me demande ?

— Il faut parfois se pincer pour y croire. »

Sur ce, elles avalèrent un Martini blanc. Élisabeth possédait un aquarium de deux mètres de long où des petits poissons luminescents nageaient en bande.

« Crois-tu que ce soit possible ? Crois-tu que j'arriverais à échanger trois mots ordinaires avec elle ?

— Marc est un peu siphonné, je suis d'accord. »

Le moteur de la Mercedes ronfla.

# 9.

Roberto s'agita un instant sur son siège puis se pencha brusquement en avant pour signer. La journée était belle. Il faisait bon dans la banque, les sièges étaient confortables. Ces types avaient accepté de soutenir financièrement son projet de laverie automatique et s'apprêtaient à lui serrer la main. Voilà où on en était. Voilà à quoi conduisait la prodigalité des frères Sollens. Deux beaux salauds.

C'était ainsi qu'il les voyait désormais. Deux beaux salauds. Il n'était pas près d'oublier la réunion qu'ils avaient eue, leurs sourires foireux, leurs explications à la con. Deux salauds qu'il connaissait depuis trente ans, qu'il considérait comme sa famille, entre lesquels il s'était interposé plus souvent qu'à son tour, se prenant quelques bons coups au passage lorsqu'il fallait séparer les fous furieux... un tel manque de reconnaissance provoquait chez lui – comme chez toute personne un peu sensible – une véritable nausée – l'amertume succédant bientôt à la tristesse.

« Je te dis les choses comme je le pense, déclara-t-il à Sonia en lui installant un grand modèle de bac à douche spécial handicapé dans lequel on aurait pu asseoir un éléphant. Je te dis les choses peut-être un peu crûment mais sache que j'en ai eu gros sur le cœur. Tu sais, je ne suis pas sûr de jamais pouvoir leur pardonner. Franchement.

— Tu n'as pas besoin de t'excuser. Ne crois pas que je me sente blessée ou quoi que ce soit. Ils sont encore des étrangers pour moi. Je n'y arrive pas. »

Il interrompit un instant le montage d'une rampe de métal chromé pour fixer la jeune femme dans les yeux. « Attends voir, j'aurais donné ma vie pour chacun de ces deux-là et ils me lâchent pour une histoire de fric ? Tu peux croire ça ? »

L'envie la démangeait souvent de faire parler Roberto, de lui soutirer des images de la fameuse époque – profitant des travaux qu'il accomplissait gracieusement à demeure –, mais elle ne trouvait jamais le courage nécessaire pour percer cette intimité qu'elle devinait profonde, bâtie sur du solide, et hautement inflammable. Elle haussa les épaules et déballa le siège blanc sur lequel il conviendrait d'installer Joël pour procéder à ses ablutions quotidiennes une fois correctement sanglé.

« Ils n'avaient qu'un mot à dire, reprit-il, et je leur trouvais ce qu'ils voulaient. Tu vois le remerciement ? La manière dont ils me traitent ? Quand il leur suffisait de claquer les doigts pour que je ramène des trucs ? Je te le dis franchement, je ne croyais pas qu'une ingratitude pareille existait. Je tombe de haut. »

À ce moment, Odile rentra de promenade, les joues encore rosies par l'effort que pousser Joël dans la côte, en plus d'un sac de provisions, représentait.

« Je suis tombée sur Greg, fit-elle en traversant le salon avec le fauteuil roulant – dont le passager était recroquevillé comme sorti d'une chambre froide. Tu aurais dû voir ça. Le cinéma qu'il nous a fait. Je n'ai pas compté les fois où il est resté la bouche ouverte en fixant Joël. À défaut de cervelle, ce demeuré a peut-être un cœur ou je ne sais quoi... » Elles attrapèrent Joël sous les aisselles et l'installèrent avec précaution sur son lit motorisé.

Josianne leur avait montré comment elles devaient s'y prendre avec lui, comment le coucher, l'asseoir, l'alimenter, le laver, etc. Rien de bien sorcier, cependant. Rien qui s'opposât à la prise en charge de l'invalide par deux novices, à condition qu'elles ne ménagent ni leurs efforts ni leur patience et fassent preuve d'une assez grande abnégation – les parents du jeune homme avaient bientôt envoyé de grands signes chaleureux de la zone d'embarquement avant d'emprunter la passerelle d'un pas vif.

Josianne les avait prévenues maintes fois que l'apparente facilité de l'exercice masquait une épreuve dont elles ne soupçonnaient pas la lourdeur sur le long terme. Mais ces mises en garde étaient restées sans effet. Se partageant équitablement le travail, s'estimant soudain investies d'une noble mission – ce qui n'était pas désagréable –, elles n'avaient pas encore éprouvé les déboires qu'on leur prédisait et s'activaient, sinon avec le sourire, du moins avec une belle détermination – même lors des tâches les plus ingrates, les plus pénibles, ou celles propres à leur soulever carrément le cœur.

Roberto pouvait en témoigner. Il avait pu les

observer à loisir durant les aménagements qu'il exécutait dans la salle d'eau et il n'en revenait pas. Non seulement elles lui préparaient à manger, le sortaient et lavaient son linge, mais dès qu'elles avaient un moment, elles lui faisaient la lecture, lui faisaient écouter de la musique ou regardaient un film avec lui – mais rien de porno, ni de violent, ni d'horrible.

Josianne levait les yeux au ciel et préférait s'isoler sur son formidable balcon, mais David écoutait les comptes rendus de Roberto avec attention – avant que les ponts ne fussent rompus de part et d'autre. Géraldine montait sur ses genoux et s'y endormait tandis qu'il prêtait l'oreille aux étonnants exploits des deux filles qui s'illustraient, hier encore, dans leur capacité à écumer les soirées où sexe et défonce étaient les priorités numéro un – quant à lui, le dernier invalide qui avait croisé son chemin n'avait pas eu droit à tant d'égards, songeait-il.

En participant financièrement aux travaux, David avait le sentiment de se rattraper un peu. À aucun moment, cogner l'ex-mari de sa femme ne lui avait procuré de plaisir. « Mais je ne peux pas dire que je ne l'ai pas fait, déclara-t-il à Sonia. Ce type ne tenait pas sur ses jambes et pourtant ça ne m'a pas arrêté. Je veux dire, ce n'est pas quelque chose dont on peut être fier, j'imagine... quand je vois ce pauvre Joël dans son lit. Que vas-tu penser de moi ? Que *peux-tu* penser de moi ? »

Ce dernier point l'inquiétait. Il estimait que Sonia le rassurait un peu trop mollement sur la question. Or, et pour quelque raison que ce fût, l'opinion que Sonia avait de lui le préoccupait de plus en plus. Il aurait apprécié qu'elle lui accordât une petite part de l'attention qu'elle portait à Joël – d'autant que celui-ci ne manifestait aucune espèce de réaction aux mille petits soins dont il était l'objet, aucune étincelle ne brillait dans son regard, aucun frémissement n'affleurait à la surface du bougre. Au lieu de quoi, elle demeurait polie. Relativement distante. Relativement froide depuis que certains liens familiaux se trouvaient établis. En vertu de quoi, il se sentait déçu. Clairement désappointé. Était-ce à présent au tour de la fille ? Après la mère, était-ce à présent au tour de la fille de l'ignorer, de le rejeter ? S'agissait-il d'une farce ? Y avait-il une caméra cachée ?

Un matin que, se rasant, cette question récurrente occupait son esprit, son regard s'attarda machinalement sur Josianne qui se tenait dans son dos, nue, occupée avec une crème ou un produit quelconque au doux parfum d'amande. Et la scène s'éclaira.

Ensuite, il descendit chercher sa voiture au garage. Il avait l'air d'un type en forme, vêtu de frais. Il s'installa derrière le volant et attendit quelques minutes avant de mettre le contact. Comment devait-il prendre ça ? Avec colère ? Soulagement ? Tristesse ? Indifférence ? Lassitude ? S'était-elle montrée sincère ou ne lui avait-elle servi qu'un pur mensonge depuis le début ? Combien étaient-ils à ricaner dans le dos du parfait jobard qu'il incarnait avec un rare talent ? D'un autre côté, une infirmière était ce qu'il y avait mieux pour panser les plaies.

Il passa une journée épouvantable, interminable. Avec ce couteau planté en pleine poitrine. Pendant ce temps, il avait couru toute la journée et c'était comme s'il avait marché sur ses propres tripes. L'image n'est pas belle mais aucune n'est aussi juste. Entre autres avanies, une femme de soixante ans, un peu forte, qui lui avait attrapé la main et l'avait coincée entre ses jambes en l'invitant à parler de facilités de paiement et même de rabais sur une Kompressor décapotable. Un miracle s'il était parvenu à garder le sourire. Puis une autre atteinte d'une sévère bronchite qui avait passé son temps à tousser, cracher, éternuer juste sous son nez, lui vaporisant la figure d'un méchant nuage de microbes ultravirulents. Avec, en toile de fond, cette révélation qu'il avait eue de bon matin en inspectant le corps de Josianne. Il se revoyait, s'inquiétant de séances de gym ou de piscine qu'il faudrait sans doute espacer si l'on ne voulait pas courir de risque, ou portant ses paquets ou lui caressant le ventre d'un geste plein de crainte et de respect, et toutes ces sortes de choses qui faisaient de lui un bon garçon – prêt à assumer l'absence fatale de précautions qu'il aurait été bien avisé d'observer avant de coucher avec elle durant certaine période d'ovulation un brin propice.

Un instant, la possibilité d'en parler avec son frère l'effleura. Mais le risque de passer pour un stupide naïf était grand et cette perspective insupportable au regard des tournants qu'ils avaient pris – le sien, en l'occurrence, et en la personne de Josianne, se devant d'être à la hauteur sous peine de totale déconfiture personnelle. Il avait épousé cette femme. Peu importait, à présent, qu'il l'eût fait pour de bonnes ou de mauvaises raisons, qu'on lui eût forcé la main ou non. On avait parfois envie de se retirer dans un monastère, comme ce chanteur canadien, ce type qu'Édith tenait avant tout pour un grand écrivain, avec ses deux magnifiques romans et ce sourire de tombeur, à des coudées au-dessus de la production actuelle, il faut bien le dire, quitte à en vexer quelques-uns. David avait entendu parler de quelque chose en Suisse, pays où le calme et la tranquillité ne sont pas de vains mots. Une sorte de sanatorium. Un établissement où l'on plongeait les gens dans un sommeil artificiel. S'ils en avaient les moyens. Peut-être que c'était ça. Ce qu'il lui fallait. Une cellule de deux mètres sur trois. Réveil à quatre heures du matin. Passer un coup de balai, et basta. Prier à longueur de journée. Peut-être que c'était ça.

Depuis qu'ils avaient rouvert, il n'était jamais à la maison avant dix heures du soir. Josianne finissait plus tôt. Ce soir-là, en arrivant, il la trouva dans la cuisine, en compagnie de la baby-sitter, penchée sur une recette à base de courgettes grillées qui promettait de faire mal, selon elle.

Au bout de trente secondes, son air joyeux s'estompa et elle demanda ce qui n'allait pas. Il invita la baby-sitter à emporter le magazine chez elle et lui souhaita bonne nuit.

Il n'avait pas faim. Josianne dressa cependant deux couverts. Elle avait retrouvé des forces depuis que les eaux s'étaient plus ou moins retirées, que les urgences avaient vu fondre la foule de leurs clients et que son équipe était de nouveau complète. Elle rayonnait davantage. Le mariage aussi lui faisait du bien. David en était pleinement conscient. S'il y avait des réclamations à propos de leur union, elles ne venaient assurément pas de Josianne.

Elle portait un kimono court. De ce côté, il n'avait rien à redire. Il allait même plus loin : Josianne était la meilleure partenaire sexuelle qu'il avait jamais eue. Cette chose-là comptait bel et bien. Rien ne sert de finasser. De même que d'entrer dans les détails. Mais il n'est pas inutile de rappeler que David, entre les bras de son affriolante épouse, avait coutume de gémir de plaisir au moment de la pénétration – vaginale – et de râler d'émerveillement à l'instant où il envoyait la sauce.

Les choses pouvaient être pires. On connaissait des mariages plus exécrables que le sien, des pièges dont il était impossible de sortir, des tentatives d'empoisonnement entre époux, des têtes qui sautaient d'un coup de hache.

Elle l'obligea à goûter une crème qu'avait préparée Géraldine mais qui gardait un fort goût de lait malgré la vanille annoncée. Pas merveilleusement bonne, donc, mais assez émouvante dans la mesure où elle lui était personnellement destinée – ce genre de choses que font les enfants et qui scient littéralement les pattes.

Visiblement, Josianne envisageait de passer une soirée tranquille. Sans doute n'avait-elle pas encore épuisé les plaisirs et les joies que réservait un appartement haut de gamme meublé avec soin – et encore moins le réel bonheur de se sentir à l'abri du besoin, de se sortir de la mêlée. Quoi qu'il en soit, elle passa derrière lui et lui massa les épaules. Elle lui proposa de regarder un film ou d'aller flirter sur les matelas de la piscine tout en profitant d'un ciel étoilé.

« Et si nous parlions plutôt de ta grossesse ? » fit-il sans la regarder.

À l'aube, il sortit alors qu'elle dormait encore et il descendit vers le fleuve au petit trot après avoir envoyé *Facing Future* d'Israel Kamakawiwo'ole. Un cadeau de Sonia. Il n'écoutait plus que ça depuis des jours. Une copie qu'elle lui avait faite. Un pur bonheur. Elle pensait donc un peu à lui. Il emprunta une passerelle qui surplombait la voie express et s'y arrêta pour écouter le fameux morceau dont sa nièce était folle – « Somewhere Over the Rainbow » / « What a Wonderful World ». Tout en sautillant sur place. Perplexe. Se demandant ce qui allait advenir de tout ça.

Les yeux de Josianne étaient encore gonflés lorsqu'il l'avait quittée. Normal. Elle avait sans doute pleuré durant une heure, une heure et demie. Elle l'avait empoigné, s'était roulée à ses pieds, avait utilisé une boîte entière de Kleenex et son visage gardait les marques de toutes ces larmes qui avaient coulé jusque très tard dans la nuit.

L'épreuve avait été pénible. La vérité faisait assez mal. Mais, au moins, elle avait été franche. *Au moins,* elle n'avait pas cherché à jouer les innocentes et il le portait au crédit de Josianne, il lui était reconnaissant de leur avoir épargné ça.

Lui-même en avait encore la tête farcie. Le peu de désir qu'il avait d'être père l'empêchait sans doute de lui en vouloir à mort, mais, à présent, il y aurait cette chose entre eux, ce *big* mensonge, qu'elle le voulût ou non. Mots aptes à la transformer en fontaine.

Ce n'était pas sa faute, il n'y pouvait rien. Il n'était pas *dur*, il était simplement dans la peau du type qu'on a grugé jusqu'à l'os. Ces mots agissaient comme une pompe à soutirer les larmes – « ... mais tant pis, se disait-il. Tant pis ».

Il avait été ravi d'apprendre qu'Irène avait fait partie du complot. Il s'était levé et s'était servi du *Cuarenta y tres* dans du Coca – de peur de manquer de sucre.

Pour finir, elle avait piqué une véritable colère, lui reprochant encore une fois sa dureté, son entêtement à la faire souffrir. Il fallait se pincer pour le croire. Ensuite elle le suça et s'imagina qu'ainsi ils étaient quittes. Ce qu'aucun signe de David ne confirma.

Dans la matinée, elle téléphona à plusieurs reprises, mais il avait averti Béa qu'il ne la prenait pas – et, à son humeur, celle-ci ne chercha pas à en savoir davantage pour le moment. En rentrant, il ne l'embrassa pas. Leur repas du soir se déroula dans le plus parfait silence. Ils affichèrent de vraies têtes d'enterrement – la fille au pair rasa les murs, dirigeant Géraldine vers sa chambre. Il s'essuya la bouche, jeta sa serviette sur la table, se leva. Il lui tournait le dos, mais il sentait le regard de Josianne vrillé dans sa nuque.

En fait, il se demandait s'il agissait ainsi pour la punir ou si quelque chose était réellement cassé. Il ne connaissait pas la réponse. Aucune réflexion ne le menait à bon terme. Ce qui le rendait maussade.

De l'autre côté de l'avenue, à une centaine de mètres, Roberto chargeait des caisses dans une camionnette. Ces caisses contenaient les couverts, les ustensiles, et à peu près tout ce qui encombrait son désormais ancien restaurant, ses parasols, ses six tables et les bouteilles qui s'alignaient derrière le bar. Il s'activait depuis le début de la matinée, sans – autant que David avait pu le remarquer – jeter le moindre coup d'œil en direction du garage, comme si le désert s'était installé de l'autre côté du trottoir – encore humide mais enfin rendu aux piétons qui avaient, pour la plupart, rangé leurs bottes de caoutchouc.

Roberto faisait la gueule. David et Marc l'avaient un instant observé – avec Béa dans leur dos qui espérait grappiller quelques informations relatives au spectacle – et ils étaient rapidement convenus que leur (ex- ?)ami les boudait à mort. L'argent était la plaie de ce monde – de même que les jolies filles et les mauvais écrivains. Marc haussa les épaules. Roberto ne s'arrangeait pas avec le temps. David estima que la réflexion de son frère s'appliquait à eux tous, mais il garda le silence en songeant aux milliers de plats du jour que Roberto avait cuisinés pour eux – avant d'être englouti par un fast-food dont on savait à présent que les frites étaient mortelles et les employés traités comme de la merde.

Roberto déclara que, dans la vie, il valait mieux savoir sur qui l'on ne pouvait pas compter et ça dura une heure avant qu'il daigne changer de disque. Mais pour finir – et tout en continuant d'afficher froideur et distance –, il demanda à David s'il avait jamais pris conscience du parfait objet de convoitise qu'il constituait aux yeux d'une femme issue des classes laborieuses. « Tu voudrais qu'elle soit stupide, en plus ? Qu'elle se contente de se faire baiser par un type en Weston ? »

David regarda ailleurs. Roberto ricana. Il pria David de ne pas rester dans ses jambes.

« Ton aide ? Que veux-tu que je fasse de ton aide ? Tu es débile, ou quoi ? Tu ne veux pas m'emmener danser, des fois ?

— Roberto, merde. Tes trucs ont foiré les uns après les autres.

— Et alors ? De quoi je me mêle ? Il n'y a rien de plus important à vos yeux ? On vous a nettoyé le cerveau ? On vous a effacé la mémoire ?

— Mais qu'est-ce que tu racontes... Ne sois pas idiot.

— Trop tard. J'ai été le plus grand idiot que ton frère et toi rencontrerez jamais. Vous avez eu raison d'en profiter. Ce n'est pas demain la veille que vous en croiserez un autre de cette taille, soyez tranquilles. »

Ils restèrent un moment immobiles, à s'examiner comme s'il allait en sortir quelque chose d'intéressant – et dans le compte rendu que Roberto en ferait à Catherine Da Silva un peu plus tard, il mentionnerait le fait que les Sollens ne voulaient décidément pas admettre qu'ils avaient non seulement bousillé leur vie mais aussi celle des autres et Catherine opinerait en silence.

David fit un geste qui exprimait une espèce de blocage dans leur relation, une certaine incommunicabilité, et il retourna d'où il venait.

Il espérait que la rancœur de Roberto ne durerait pas des mois. Roberto était souvent de bon conseil dans les moments difficiles. Comme il revenait tranquillement vers le garage, l'inspecteur Blotte se mit sur son chemin et David se prépara à tout nier en bloc, quel que soit le problème.

« Il a juré d'avoir votre peau. Il faut que nous parlions », déclara l'inspecteur Blotte en entraînant David vers un banc public où un homme fumait une cigarette. Le genre d'homme sans travail, sans logis, sans un rond en poche. L'inspecteur Blotte le vira d'un simple coup d'œil.

« Ces types me débectent, soupira-t-il. Il ne manquerait plus qu'on leur distribue des tentes et des sandwiches. Bon, vous, écoutez-moi. Il faut que je vous parle. Il est une nouvelle fois question de Robert Clinnechet. Vous savez de qui je veux parler. De l'ancien mari de votre femme. Vous me suivez ?

— Écoutez, inspecteur, je sais qui est Robert Clinnechet. N'ayez crainte. Inutile de me le rappeler. Alors, dites-moi. Que se passe-t-il encore ?

— Écoutez-moi bien. Nous ne savons pas où il est. Il a assommé deux médecins. Mais je n'accepterai pas que cette histoire tourne mal, vous m'entendez ? Votre maman vient de faire la une des journaux, ça ne vous a pas suffi ?

— Pourquoi ? Vous voyez un rapport entre les deux affaires ? Mais vous faites quoi avec les sadiques, les fous furieux, vous vous remuez quand même un peu ? Vous allez continuer à les laisser courir encore longtemps dans la nature, les gangsters, les violeurs, les assassins ? Au lieu d'accuser ma famille de faire la une des journaux, pourquoi vous les arrêtez pas ? »

Blotte ne se laissa pas entraîner sur ce terrain. La majorité des gens estimait que les policiers étaient des incapables, plus prompts à créer des ennuis et à tirer dans la foule qu'à défendre la veuve et l'orphelin, mais ce jugement sévère glissait sur l'inspecteur Blotte comme l'eau pure sur la toile cirée.

« Soyez sur vos gardes. Vous l'avez rendu enragé, vous savez. »

Il n'y avait pas grand-chose à faire, malheureusement. Blotte promit qu'ils ouvriraient l'œil mais qu'on ne pouvait octroyer à David de protection particulière. « Enfin, vous avez ma ligne directe, poursuivit l'inspecteur. Prévenez-moi dès que vous l'apercevrez.

— Si vous ne répondez pas, je laisse un message ?

— Écoutez, monsieur Sollens... vous faites comme vous voulez. »

David serra les dents et se pencha sur le policier.

« Je ne lui ai pas pris sa femme, okay ? Ils étaient divorcés, okay ? Il y a un problème, inspecteur ? »

Celui-ci hésita puis haussa les épaules. Avec une demi-grimace, il prit congé. David ne pouvait pas tomber plus mal. Un instant, il suivit des yeux l'homme chargé de sa sécurité.

Quoi qu'il en soit, mieux valait être la proie d'un type paralysé des deux jambes. Lors de leur dernière altercation, Robert Clinnechet avait sans doute bénéficié de l'effet de surprise, mais David, malgré un bras hors d'usage et le fait qu'il y voyait trente-six chandelles, avait rapidement surmonté son handicap et envoyé son adversaire dans les cordes.

Il refusait donc de céder à la panique. Josianne moins. Vincent Delborde – qui avait filé une semaine à Hawaii pour se remettre de ses différentes déconvenues et soigner ses bosses dans un club – leur rappela qu'il ne s'agissait pas d'une prison et qu'ils n'avaient obtenu qu'un internement *provisoire,* si bien qu'ils ne disposaient plus, aujourd'hui, d'autre moyen juridique susceptible de renvoyer Clinnechet chez les fêlés.

Josianne raccrocha, dépitée. Pâle. Anxieuse.

« J'ai peut-être eu tort de ne pas lui payer sa rhinoplastie », suggéra David.

Josianne leva un sourcil. Durant quelques minutes, elle dressa un tableau relativement effroyable de la vie qu'elle avait menée avec cet homme depuis son accident, sa jalousie démentielle, sa cruauté, sa brutalité, la peur qu'il leur inspirait.

« Quelle rhinoplastie ? Qu'il crève. »

Très bien. Soit. David ne voulait pas en discuter. Josianne passait son temps à soigner les gens, à soulager leurs souffrances, à les ramener à la vie. On ne pouvait pas lui reprocher de traiter la vie à la légère. Si elle estimait que son ex pouvait crever, il n'y avait pas à en discuter. On pouvait lui faire confiance.

En attendant, c'était lui, David, qui se trouvait dans le collimateur. Très bien. Soit. Qu'il en soit ainsi. C'était à lui, David, désormais, que le problème échéait. À présent, les choses devaient passer par lui, d'une manière ou d'une autre. Les problèmes de Josianne étaient désormais les siens. Ils ne s'étaient pas mariés à l'église, mais, dans son cœur, David avait ratifié davantage qu'un morceau de papier. Grande était sa déception depuis qu'il avait découvert que Josianne l'avait berné. Grande était sa perplexité devant un mensonge de cette taille – comme si un seul nuage occupait le ciel, un nuage rond, énorme, aussi lourd que du plomb.

Il prétendit qu'il sortait pour acheter des cigarettes. Il revoyait parfaitement bien la scène où elle lui annonçait qu'elle était enceinte. Parfois, il devait enfiler sa tenue et abattre plusieurs kilomètres, mais, en général, une simple promenade suffisait.

Il remonta vers la gare centrale tandis que le jour baissait. Il regrettait de sentir qu'une part de lui-même lui échappait une fois de plus. Était-ce différent pour ceux qu'il croisait, ce type avec son chien muselé, cette femme qui parlait toute seule, ce garçon de cent cinquante kilos à l'air mauvais ?

Dans ce genre de situation, Marc n'aurait pas flotté ainsi à la dérive, plus ou moins largué, incapable d'y voir clair. Marc aurait examiné les choses avec sang-froid et aurait su, ensuite, ce qu'il convenait faire – restait qu'une telle faculté, un tel atout dans le jeu de son frère, avait le don de mettre David hors de lui.

Le monde n'appartenait pas aux indécis. Il avait eu l'occasion de le vérifier à maintes reprises. S'il n'était pas avec Édith, aujourd'hui, il savait pourquoi.

Les traces de l'inondation étaient encore bien visibles. Sur les visages. Sur les trottoirs où s'entassaient encore les sacs de sable qui avaient servi de piètres digues pendant toute la durée du cataclysme – et ce n'était qu'un début si l'on en croyait les météorologues qui d'ailleurs ne cherchaient même plus à tirer la sonnette d'alarme et s'en remettaient à la clémence de Dieu. Sur les façades, le voile noir qui courait sur plus d'un mètre de hauteur. La ville avait été noyée sous des millions de tonnes d'eau et en sortait encore plus sale. Une vague odeur de vase flottait au-dessus des rues. S'immisçait en lui. Au carrefour de Saint-Georges, un fauteuil roulant le fit sursauter. Ça commençait bien.

Il inspecta les environs. Ça commençait très fort. Allait-il désormais voir des Robert Clinnechet fous de rage derrière chaque pot de fleurs ?

Le reflux des eaux aurait dû exercer un effet de soulagement, de relâchement thoracique, au lieu de quoi on se sentait oppressé. Sans doute à cause de l'humidité lourde qui régnait, de la lente évaporation que le soir ralentissait davantage. Tout en bas de l'avenue Léon-Tolstoï, le fleuve avait réintégré ses appartements argentés et l'auditorium sa robe ivoire, mais bien des choses n'étaient pas rentrées dans l'ordre, si l'on regardait bien.

L'eau affleurait encore aux bouches d'égout. Fallait-il y voir que les ennuis ne se trouvaient jamais loin ? En tout cas, plus rien ne serait comme avant.

Sand doute Victor était-il le vieux salopard dégénéré que Marc fustigeait, mais alors que dire d'Irène, de son travail souterrain ? Il marchait assez vite, les mains dans les poches, la tête basse, l'esprit errant. Irène l'avait sacrifié, en tout cas.

Il appela Roberto au cas où celui-ci aurait été disposé à boire un verre mais il se fit envoyer sur les roses. Ensuite, le numéro sonna occupé.

De son côté, Josianne ne resta pas inerte. Elle se plaignit à nouveau auprès d'Irène du bourbier dans lequel ils s'étaient fichus. Un air doux balayait son balcon préféré, celui qui donnait sur le parc, mais elle n'y prêtait aucune attention, pas plus qu'à la vue époustouflante qui s'étendait devant elle jusqu'à l'horizon.

« Avais-tu mieux à proposer ? fit sèchement Irène. Où serais-tu, aujourd'hui ?

— Je ne suis pas fière de moi, vous savez. Je crois que s'il me flanquait dehors, il aurait entièrement raison.

— Il ne te flanquera pas dehors. Tu es sa femme. Il t'a épousée. Tu vas pouvoir te battre de l'intérieur. Tu es sa femme. C'est ce que tu voulais, n'est-ce pas ? De quoi te plains-tu ? Laisse-moi te dire une chose : je préfère que ce soit toi qu'une autre. Je te le dis du fond du cœur. Je t'ai jugée au premier coup d'œil. J'ai su que tu étais faite pour lui. Les mères savent ce genre de choses. Ne commence pas à t'affoler à la moindre alerte. Tu sais, il s'agit d'un exercice de fond de court. D'un exercice d'endurance.

— Je sens qu'il est perturbé.

— Eh bien quoi ? Nous sommes tous perturbés. La vie nous perturbe, tu ne l'as pas remarqué ? Bien sûr qu'il est perturbé. C'est David. »

Irène se tenait également sur son balcon, à moins d'un kilomètre à vol d'oiseau. Les soins et les potions de Bradge faisaient leur effet mais les mauvaises nouvelles que Josianne ajouta dans la foulée, concernant les sombres desseins de son ex-mari, en anéantirent l'œuvre. Elle tendit une main derrière elle à la recherche d'un endroit où s'asseoir.

Elle leva les yeux au ciel. Ainsi donc, les épreuves se succédaient ?

# 10.

Depuis que son voisin, Gilbert Damanti, l'avait menacé d'une arme, Marc se méfiait plus ou moins de lui. Si bien qu'il comprenait ce que signifiait éprouver la tension d'une menace permanente, indéfiniment suspendue dans l'ombre. Rien de très agréable.

Son frère allait devoir ouvrir l'œil. Peut-être qu'engager un type ou deux n'allait pas être du luxe. Pour sa part, il verrouillait la porte d'entrée avant de se coucher car ses voisins ne lui inspiraient plus aucune confiance. Il avait eu vent des fumigations et autres pratiques douteuses que Marga expérimentait sur Joël – comme l'asperger de différents jus qu'elle préparait elle-même dans le plus grand secret et qui, à défaut de remettre le garçon sur pied, inclinaient à penser que les Damanti ne constituaient pas une compagnie très sûre.

Que fallait-il attendre d'un couple qui enterrait les nouveau-nés dans le fond du jardin ou les flanquait dans un container à ordures ?

Sans doute pas grand-chose. Si ce n'est que Marga

portait la plupart du temps des talons aiguilles, qu'elle le regardait droit dans les yeux quand ils se croisaient à la supérette et que le spectacle qu'elle donnait certains soirs à sa fenêtre, tandis que Gilbert la besognait dans l'ombre, valait son pesant de vidéos – dont il était désormais largement privé, en dehors de quelques pis-aller chargés dans son téléphone, autrement dit presque l'équivalent d'un régime sec.

Non pas qu'il se plaignît. Plus que jamais, le but était de se sortir de là, d'oublier l'homme qu'il avait été et qui avait fait de lui un dépendant sexuel sévèrement atteint. Durant toutes ces années, il avait régulièrement évoqué l'instant de sa libération – dont l'avènement n'avait jamais suscité le moindre doute dans son esprit. Il avait prié. Dans les pires instants, au cœur de monumentales orgies, baisant à tour de bras, il avait prié. Pour que le jour de sa libération advienne. Avec le retour d'Édith.

Il avait toutes les cartes en main, à présent. Il s'était même inscrit à un club de remise en forme pour évacuer son trop-plein d'énergie. Ça semblait fonctionner – et pour le même prix, il gardait la ligne et ce ventre plat que beaucoup lui enviaient. Mais plus sérieusement, les démons n'avaient pas tous quitté la place et Marc n'aurait pas pu supporter un sevrage total – quand bien même il n'y avait rien à soustraire aux compliments qu'on pouvait adresser à Édith de ce côté-là, et une fois de plus il lui tirait son chapeau. Enfin bref, il avait besoin d'une soupape – fût-elle représentée par une sombre folle dont le mari est armé et les danois affamés.

Le danger venait du fait qu'il se passait quelque chose quand par hasard ils se croisaient à la supérette. Surtout en plein après-midi. Aussitôt, la température montait dangereusement. Au point qu'il devenait incapable de déchiffrer la moindre information sur une boîte de tomates ou un nouveau Tropicana car sa vue se brouillait. Il savait encore déchiffrer ce signal, malheureusement – preuve qu'il n'était pas tout à fait guéri.

S'il ne l'avait pas encore troussée et empalée contre les boîtes de conserve, c'était un miracle. Il se souvenait de longues minutes où il avait tremblé à côté d'elle en raison du bras de fer qu'il se livrait à lui-même pour garder le contrôle – un de ces tremblements de terre fréquents dans la région n'aurait pu l'arracher du sol, aucune pince n'aurait pu lui desserrer les mâchoires, aucun souffle d'air n'aurait pu pénétrer ses poumons.

Il arrivait aux caisses le cœur battant. Flanqué d'une abominable érection. Il traversait le parking les larmes aux yeux, sans se retourner.

Mais c'était ainsi. Il fallait s'incliner, se résoudre à mener le meilleur des combats possible. Il y avait tout à apprendre. Beaucoup de fonte à soulever. Beaucoup de blessures à s'infliger. Beaucoup de chemin à faire.

Édith pensait que les paroles mystérieuses que Marga prononçait au-dessus de Joël – qui restait sagement roulé en boule sur le lit – en agitant un collier d'os et d'amulettes, ne semblaient pas altérer la santé de celui-ci, jusqu'à preuve du contraire.

« Nous ne cherchons pas d'affrontement avec Sonia, n'est-ce pas ?

— De qui tient-elle ça ? De cet abruti de Paul ? Va-t-elle m'échapper encore longtemps, d'après toi ? »

L'aménagement de leur maison occupait une bonne partie de leur temps libre, et Sonia de son côté avait fort à faire avec son petit ami, si bien que les progrès entre le père et la fille évoluaient lentement. Lorsque celle-ci ouvrit la porte, elle posa un doigt sur ses lèvres. Il ne fallait pas interrompre Marga dans ses incantations.

« Est-ce qu'elle sait aussi jeter un sort ? demanda-t-il. Ton oncle en aurait bien besoin. »

Néanmoins, Marga ayant plié bagages – tout bonnement éreintée par les transferts d'énergie auxquels elle s'était livrée –, le repas se déroula assez agréablement. Odile avait découpé des légumes crus qu'il convenait de tremper dans une sauce à base de soja. Joël avait les mêmes en soupe. Il fallait lui maintenir la paille dans la bouche d'une main et de l'autre essuyer ce qui coulait sur son menton. Marc observait la scène en ouvrant les yeux ronds. À un moment donné, par le plus grand des mystères, la soupe coula des narines de Joël qui commença à s'étrangler et cracha bientôt à travers la pièce comme une machine devenue folle.

Ils prirent le dessert – une tarte légèrement trop cuite – au jardin. Profitant d'un instant où Édith et Odile vaquaient au rangement de la cuisine et cependant que Joël s'abîmait dans la contemplation des rayures du parasol, Marc se pencha sur sa fille et attrapa une de ses mains dans les siennes. Elle sursauta.

Dans un premier temps, elle voulut la retirer, mais il affermit distinctement sa prise. Elle sentit le feu lui monter aux joues. La surprise lui avait coupé le souffle. Durant une seconde, elle retrouva le goût de l'émotion qu'elle avait éprouvée dans ses bras, lorsqu'il l'avait sauvée des flammes et qu'ils avaient roulé dans le potager de Paul, enlacés. Elle baissa les yeux, attendant des explications, des paroles qui ne venaient pas. Et quant à sa propre capacité de réaction, qui n'était pas usurpée, il n'en subsistait plus la moindre trace.

On pouvait considérer qu'il s'agissait là de leur premier contact, physiquement parlant. Et qu'il les surprenait autant l'un que l'autre – bien qu'étant à l'origine du phénomène Marc n'avait rien prémédité. Du salon leur parvenaient les premiers accords de « Somewhere Over the Rainbow » que la voix d'Israel Kamakawiwo'ole transformait en drogue pure – l'équivalent de la lecture du Tao Te king en matière de réconfort, selon elle.

Jusqu'à cette minute, elle ne lui avait rien cédé. Elle n'avait pas imité sa mère. Non pas qu'elle le jugeât indigne d'intérêt ou peu reluisant ou réactionnaire ou qu'il mangeât du cheval ou caressât des enfants. La question n'était pas là. La question était de savoir si ce type s'intéressait à autre chose qu'à lui-même.

Et voilà qu'après tous ces silences, tous ces rendez-vous manqués, tous ces aveux d'impuissance, tous ces évitements, tous ces stupides pas de danse absolument foireux, voilà qu'il lui prenait subitement la main et la gardait serrée entre les siennes sans prononcer un mot.

Du coin de l'œil, elle avisa le gros garçon tapi dans les branches du jardin voisin, mais celui-ci semblait à son tour tellement interloqué par la scène dont il était témoin qu'il secouait la tête comme si toute l'incongruité du monde se manifestait à ses pieds.

« Veux-tu que je te serve un café ? » demanda-t-elle à son père.

David écouta le compte rendu qu'elle lui fit à propos de ce premier pas que Marc avait exécuté dans sa direction et il considéra qu'effectivement un tel geste n'était pas anodin de la part de l'animal. Tandis que Joël bavait dans son coin et qu'Odile fumait un peu d'herbe en consultant ses messages, il hocha pensivement la tête et ajouta que Marc s'y entendait pour assurer le service minimum.

Odile releva la tête. « Excuse-moi, fit-elle. Est-ce que je me trompe ou est-ce que ça t'emmerde de voir que ton frère commence à cogiter ?

— Pardon ? Cogiter ? Tu appelles ça *cogiter ?* Ah bon.

— En tout cas, tu n'es pas ce qui se fait de mieux comme défenseur, je dirais.

— Ne t'inquiète pas pour lui. Il n'a pas besoin d'être défendu. Mais enfin, de quoi te mêles-tu ? Non, mais je rêve. »

Cette fille était une vraie plaie. Il avait bien tenté, voyant qu'il faudrait compter avec elle, établir de bonnes relations avec cette gamine à la langue un peu trop bien pendue, mais le courant n'était pas passé. Que lui avait-il fait ? Rien. Cette petite brune au regard sombre. Qui n'était rien. Qui n'avait aucune légitimité. Qui se permettait d'émettre des jugements. Dans quel rayon de chieuse universelle Sonia l'avait-elle trouvée ?

Parfois, à la simple idée de se la coltiner, il rebroussait chemin.

« Suis-je censé le défendre simplement parce qu'il est mon frère ? Serait-il le dernier des assassins ?

— Merde, je ne peux pas parler avec toi. C'est carrément impossible. »

Une chose était sûre : il ne pouvait pas laisser dire que Marc faisait un parcours sans faute *également* dans ce domaine. Laisser les gens lui tresser des couronnes. Puisque c'était faux. Puisqu'il avait été fichu d'attendre *jusqu'à maintenant* pour toucher la main de sa fille. On devait à la vérité un minimum de respect. Il fallait savoir que Marc était un grand comédien, un excellent comédien, un vrai fils de pute, certainement, ce n'était pas médire que de dire ça mais respecter la vérité. Pendant combien de temps avait-il navigué en aveugle avec elle, incapable de savoir par quel bout la prendre, incapable de savoir ce qu'il éprouvait ? Il l'avait assez dit. Combien de fois avait-il avoué à David qu'il pédalait dans le brouillard avec elle ?

Il ne pouvait pas laisser dire que Marc se débrouillait bien. Et puis quoi, encore ?

« Tu as raison, approuva-t-il. Ne parle pas de ce que tu ne connais pas, tu seras gentille. Je le connais sans doute un peu mieux que toi. Tu m'excuseras. Je connais ses défauts comme je connais ses qualités. Certainement un peu mieux que toi. Si tu permets. »

Odile le fixait de ses grands yeux rouges. Mais il n'avait rien à cacher. « Il s'agit de mon frère. Personne ne peut m'accuser d'agir contre lui. Mais permets-moi de ne pas m'extasier parce qu'il amorce un premier pas. »

Un parfait silence plana.

« Waow ! » s'exclama Odile en voyant Joël qui relevait lentement la tête.

Le soir venu, lorsqu'il repassa, les deux filles étaient encore en extase. Elles l'avaient rasé et coiffé et Joël ressemblait à présent à un zombie rasé et coiffé et tenant la tête droite.

Pour elles, l'espoir luisait. Elles accueillirent avec joie les deux packs de bière qu'il leur apportait.

« Je comprends très bien ta position et je sais très bien qu'elle exagère, lui glissa Sonia à l'oreille en se pendant à son bras.. Mais je ne m'en sortirais pas sans elle. Il faut la prendre comme elle est. »

Il acquiesça. Il n'était pas mécontent. Il se félicitait du chemin qu'il avait parcouru de son côté, de la distance qu'il avait réduite entre Sonia et lui. « Tu devrais lui dire de moins fumer, déclara-t-il. Ça la rend agressive. »

Un magnifique coucher de soleil resplendissait lorsqu'il s'engagea sur le Lafayette au milieu d'une circulation revenue dans le rouge, pare-chocs contre pare-chocs, presque immobile. Certains en profitaient pour téléphoner à leur femme mais dans l'ensemble, les types restaient stoïques à leur volant, rêvant de sang, de meurtre, d'explosion définitive en attendant d'avancer d'un mètre en direction du centre.

En ville, les lumières brillaient dans la plupart des

vitrines et à peu près tout semblait fonctionner – les transports, l'éclairage public, les cinémas, la poste – même s'il flottait un sentiment d'amertume, de gâchis, d'isolement – personnel, intérieur – qui empêchait de remettre les compteurs totalement à zéro. En fait, l'impression générale était celle d'un réveil difficile, comateux, amnésique. Et même ceux qui fanfaronnaient, ceux qui jouaient les bravaches, ceux qui plaisantaient là-dessus avaient été atteints. David savait que plus rien n'était pareil et que le monde dans lequel ils pénétraient n'était plus celui qu'ils avaient connu – en dépit d'une grotesque ressemblance. Mais que pouvait-il y faire ? En quoi pouvait-il s'opposer à des forces qui le travaillaient de l'intérieur depuis vingt ans ? Il fallait une bonne dose de flegme pour continuer son chemin dans ce monde, au milieu de cette monstrueuse forêt, se disait-il en remontant la belle et majestueuse avenue Kubrick en haut de laquelle il mit son clignotant et actionna l'ouverture du parking. Il descendit vers le troisième sous-sol. En ville, pouvoir se garer en bas de chez soi s'avérait un bonheur de tous les instants – quand les autres devaient tourner pendant des heures comme des chiens enragés.

Impeccablement enduite de peinture claire, coquille d'œuf, la piste couinait sous la Porsche à l'intérieur de laquelle David sifflotait « Johnny Goes Marching on », comme le faisait le personnage d'un excellent livre que Sonia lui avait prêté – et il faut se lever très tôt pour en lire de bons, aujourd'hui.

Les néons défilaient au-dessus de lui après avoir glissé sur le capot, rampé sur le pare-brise. Dans le dernier virage, il remarqua qu'il roulait sur quelque chose. Comme sur des biscottes. Puis l'Austin Cooper bicolore de Josianne apparut sur la droite, garée à sa place. Mais réduite en bouillie.

Si bien que plus tard, Josianne s'effondra devant ce spectacle. Elle se serait laissée tomber par terre si David ne l'avait pas retenue. Il avait beau lui dire que l'assurance allait les rembourser, ses larmes coulaient de plus belle. David échangea avec l'inspecteur Blotte un regard entendu. Une policière raccompagna Josianne vers l'ascenseur tandis qu'un policier prenait des photos en pliant les jambes.

Le gardien de l'immeuble était là, blême, la casquette à la main, les boutons de sa jaquette astiqués, prêt à recevoir son châtiment car il était censé surveiller l'entrée du parking sur son putain de moniteur, tâche à laquelle il avait d'évidence failli, son attention s'était donc relâchée alors qu'il était justement payé pour ouvrir l'œil, oui ou non ? alors qu'on l'avait averti de la menace qui pesait sur David Sollens de la part d'un type en fauteuil roulant qu'il fallait refouler coûte que coûte, c'est bien ça ? À quoi le gardien opinait sombrement, tenait son regard baissé cependant que d'autres recherchaient des indices.

Il n'y avait pas besoin d'indices. L'homme qui criait partout que David avait volé sa femme et tué son enfant était vraiment de retour.

La nouvelle du léger mieux constaté quant à l'état de Joël revigora Josianne à l'issue d'un opportun rapport sexuel qui avait commencé par sécher ses larmes. Il ne fallait pas crier trop tôt victoire, cependant. Les exemples abondaient, de ces espoirs fracassés, de ces attentes déçues. Il pouvait très bien ne pas cligner une paupière pendant dix ans.

Elle se coucha sur le dos et regarda le plafond jusqu'au moment où David proposa de monter sur la terrasse pour un bain de minuit.

Elle pouffa. Elle n'avait pas envie de rire mais cette idée de bain de minuit était vraiment ringarde. « Pourquoi pas ? » fit-elle sur un ton lugubre.

Ils enfilèrent un maillot de bain, se munirent de peignoirs. Si elle pensait à son Austin Cooper, sa lèvre inférieure tremblait et l'émotion n'était pas loin de la submerger.

« Tu penses que je suis idiote, n'est-ce pas ? Est-ce que je me trompe ?

— Attends. J'ai pleuré pendant trois jours quand j'ai plié ma Type E. Une année entière d'économies épouvantables. Non seulement j'ai pleuré, mais j'ai vomi. Tu es encore loin du compte, alors là tu tombes mal. Mais écoute-moi. Ça ne servira à rien de te ronger les sangs. Je pense que les flics finiront bientôt par lui tomber dessus, et basta. Écoute, j'ai plutôt l'impression que c'est à moi qu'il en veut. Et je suis capable de me défendre.

— N'en sois pas si sûr. Tu ne lis pas les journaux ? Il est encore tôt pour que je te perde, figure-toi.

— Ne dramatise pas, tu veux ? Ne dramatise pas. » Ils arrivèrent au bord de la piscine. « Regarde-moi un peu ce ciel, ces étoiles », fit-il.

Comme il se dirigeait vers les matelas, elle l'arrêta. « Attends une minute.

— Oui ?

— Est-ce qu'on ne devrait pas...

— Est-ce qu'on ne devrait pas... oui ?

— Est-ce qu'on ne devrait pas s'assurer que... »

Elle craignait tout à coup que Robert fût planqué quelque part, derrière le bar, dans les toilettes, dans les locaux techniques, dans la réserve, derrière un palmier ou aux abords du jaccuzi qui demeuraient dans l'ombre.

« Josianne, fit-il en se moquant gentiment. Josianne. Il ne peut pas être ici. C'est impossible. Non seulement il n'aurait pas pu prendre l'ascenseur, mais comment aurait-il pu entrer ici sans cette carte ? » Qu'il tenait devant son nez et qui était établie au nom de M. et Mme Sollens – du petit-lait, pour elle – et permettait, grâce à un système magnétique ingénieux, d'ouvrir la porte quand on glissait ladite carte dans une fente d'un geste vif. « J'aimerais que tu m'expliques comment ce dingue aurait pu arriver jusque-là, au nez et à la barbe de tous, explique-moi, *sans cette carte* ? Par quel prodige ? »

Elle baissa la tête. Elle savait qu'il s'agissait d'un système de sécurité haut de gamme, sans doute inviolable, et qu'il n'y avait aucune chance que Robert ait réussi à s'en procurer une depuis que tout le monde était prévenu. Robert était un cinglé, pas un magicien. La rage l'avait rendu fou mais la rage n'était pas propice aux trésors d'ingéniosité qu'il aurait fallu déployer pour parvenir à la piscine privée d'un immeuble de luxe en état d'alerte.

« Il n'y a pas d'endroit plus sûr au monde, insista-t-il.

— D'accord. Mais jetons quand même un coup d'œil. »

David avisa les alentours en hochant la tête, souriant. La piscine était déserte, la nuit silencieuse et calme, la lune aux trois quarts pleine.

« Je propose de commencer par le bar, déclara-t-il. Qu'en-dis-tu. Je prendrais bien une bière, et toi ? Je veux dire, une fois que j'aurai sécurisé la zone, bien sûr. »

Quel moqueur. Il trouva deux Budweiser bien fraîches dont ils avalèrent quelques traits avant de se remettre en route. Ils s'attardèrent un instant à l'angle ouest, accoudés à la balustrade dans leur doux peignoir de coton blanc. À leurs pieds, une quinzaine d'étages plus bas, quelques véhicules remontaient l'avenue et d'autres descendaient vers le fleuve et ils se croisaient le plus paisiblement du monde.

« Détends-toi, dit-il.

— Je serai détendue lorsque cette histoire sera terminée.

— Sais-tu que parfois il faut vivre avec ? Et s'il ne nous lâchait jamais ? Si c'était le prix à payer ? »

Elle le fixa quelques secondes. « Ne me parle pas d'un prix à payer, s'il te plaît. »

Les toilettes étaient vides. La réserve était vide. Mais il n'y avait pas d'autre moyen pour la rassurer que d'inspecter les lieux à la loupe.

David s'y résignait de bon cœur car il savait qu'elle avait été choquée par la violence du traitement que Robert avait infligé à son Austin – bonne pour la casse. Pour rire, il soulevait quelques matelas, faisait « ohé ! » en ouvrant la porte des toilettes.

« Laisse-moi une semaine, lui dit-il. La même, rouge et blanche.

— Ça ne sera pas la même.

— Exactement la même. *Exactement* la même. Rouge et blanche.

— Non. Pas du tout. La première. Il n'y en aura qu'une. Tu ne comprends pas. »

Il lui jeta un coup d'œil par-dessus un massif qu'il venait d'inspecter. « Okay. La seconde ne sera jamais la première. Si tu veux. Si c'est ce que tu préfères.

— C'est facile, pour toi. Qu'est-ce que tu n'as pas eu ? Qu'est-ce qui t'a manqué ?

— Qu'est-ce qui m'a manqué ?

— Tu as eu tout ce que tu voulais. Comment veux-tu que cette notion puisse te frôler ? Que pour la première fois une chose puisse t'appartenir et qu'elle s'en trouve illuminée. »

Dans l'ombre, il esquissa un sourire. Elle allait bientôt lui démontrer que l'aisance matérielle dont il avait soi-disant profité depuis l'enfance – et sur laquelle, aujourd'hui, elle ne crachait visiblement pas, n'étant pas tout à fait idiote – avait corrompu sa capacité à éprouver un sentiment subtil. Il fallait s'y attendre. On ne pouvait jamais renier ses origines. Mais d'un autre côté, ce qu'elle proclamait était juste. Certaines choses lui étaient sûrement passées au-dessus de la tête.

À ce moment-là, il fit un écart de côté car une

forme sombre, tombée du ciel, l'effleura d'un bref battement d'ailes. Une corneille ?

« Je n'ai rien vu, dit-elle.

— Comment ça ? Ce truc a failli m'éborgner.

— Vraiment ? »

Ils s'embrassèrent contre la porte du local technique. Ils étaient encore à un âge où la nature emportait tout, faisait oublier l'heure, la rancœur, le danger, le lieu, les avertissements, à un moment de leur vie où les séances de pelotage arrivaient sans prévenir, où l'inhérente et sourde tension sexuelle bien connue agissait comme une veilleuse au-dessus d'un champ de brûleurs filant jusqu'à l'horizon. De jeunes mariés, ni plus ni moins. Encore prompts à s'étreindre en dépit des événements qu'ils traversaient et des différences qui les caractérisaient l'un et l'autre – avant de les inquiéter pour de bon, à la longue.

Au beau milieu de l'exercice, elle se dégagea soudain, refusant de lui abandonner ses lèvres davantage. « Je dois te prévenir, David. Si tu devais ne jamais me pardonner, écoute-moi, si c'était ça, autant en finir tout de suite. Si c'est ça, si tu ne me laisses aucun espoir, nous ne pourrons pas continuer. Je te le dis. »

Il se mordilla la lèvre, hocha la tête. « Comment veux-tu que je sache ? Hum ? Sois patiente. »

À ces mots, il glissa la main sous le peignoir de sa femme et caressa ses admirables fesses, ses fesses d'anthologie – cinq séances de piscine par semaine + gel contour aromatique à la caféine de Shiseido matin et soir.

« Ce n'est pas une réponse, fit-elle en se raidissant.

— Okay. Si c'est simplement une réponse que tu souhaites et si tu ne m'imposes aucune limite dans le temps...

— Eh bien, vas-y, dis-le. »

Il ne chercha plus à lui toucher l'anus ni quoi que ce soit. Parti comme c'était, il valait mieux s'abstenir et se réserver pour de plus favorables occasions.

« Comment se fait-il que ce soit moi qui me retrouve sur la sellette ? l'interrogea-t-il. Comment t'y es-tu prise ? »

La tête basse, absorbés dans leurs tristes pensées, ils se dirigèrent vers le local de l'ascenseur qu'on avait pris soin de reléguer derrière une haie artificielle, festonnée de minuscules ampoules aux discrètes lueurs mauves.

Une surprise n'arrivant jamais seule, ce fut au tour de l'inspecteur Blotte de jaillir soudain de l'ombre d'un massif pour s'élancer sur Robert Clinnechet qui lui-même avait saisi David à la gorge et jurait de mener sa sinistre besogne à son terme.

S'ensuivit une furieuse empoignade entre les trois hommes, tandis que Josianne, violemment repoussée par son ex, tâchait de reprendre son souffle, encore toute blêmissante de frayeur.

L'arme qu'avait brandie Robert et que David lui avait arrachée des mains d'un revers magistral – dont l'autre avait profité pour le saisir au cou – s'était envolée dans les airs avant de retomber au milieu de la piscine, si bien que l'inspecteur avait rengainé la sienne avant de se jeter dans la mêlée avec une résolution qui en aurait épaté plus d'un.

Elle pensa que si elle avait été enceinte, le coup que Robert lui avait administré aurait été fatal. Elle en était tombée à genoux et renonçait à se relever.

C'était donc arrivé. Personne ne l'avait écoutée et le fou leur était tombé dessus. Avec ses envies de meurtre. Ce type maladivement jaloux.

En attendant, David bleuissait, ses yeux s'écarquillaient. Il était accroché aux deux mains qui l'étranglaient – en partie pour un crime qu'il n'avait pas commis – et c'était tout ce qu'il pouvait faire en dehors de pousser un râle qui sentait la fin. Toute la force du handicapé résidait dans ses bras, dans des biceps de la taille d'un melon et des deltoïdes durs comme du bois – ces bras qui autrefois avaient tenu Josianne, point à la ligne.

De son côté, Blotte chevauchait littéralement le forcené et lui bourrait la gueule sans le moindre résultat. De simples piqûres de moustique – qui n'allaient pas manquer d'enfler, elles aussi, mais n'avaient pas le pouvoir de le remettre dans le droit chemin, pas une seconde.

Le temps semblait arrêté. Sur cet horrible spectacle. Qu'elle avait pressenti. Et personne ne l'avait crue. Et voilà. Le drame se jouait là, sous ses yeux. Devait-elle croire ce qu'elle voyait ?

Cet affrontement nocturne au bord d'une piscine en plein air, sur un plancher de teck argenté qui grinçait, était-ce réel ?

Jusqu'au moment où Robert vola par-dessus bord. Descendit d'un trait les quinze étages et s'écrasa sur la chaussée, au beau milieu de l'avenue Kubrick d'où montèrent quelques nerveux coups de freins.

L'inspecteur Blotte se releva et jeta un coup d'œil en bas tandis que Josianne giflait David qui s'était évanoui un peu plus tôt – à la suite de quoi Blotte avait propulsé Clinnechet d'une ruade qui aurait éjecté un veau. « Pour du sale boulot, c'est du sale boulot, soupira le policier qui attrapa hargneusement son téléphone. De la foutue besogne. »

Il commanda une ambulance en examinant les cuisses de Josianne – laquelle serrait à présent David, ou ce qu'il en restait, contre sa poitrine.

« Bon dieu, c'est votre mari qui est en bas, lâcha Blotte tout à coup. C'est tout ce que ça vous fait ?

— Je suis divorcée. D'accord ?

— Vous êtes un sacré paquet de divorcées, pas vrai ? Une sacrée bande d'amazones, comme qui dirait. Comment va la santé ? Et le nombre de pauvres types qu'il a fallu enterrer... ? La souffrance que vous semez ? Vous voulez qu'on en parle ? Vous savez, je fais mon boulot. Mais je ne suis pas de votre côté. Je sais ce que certains gars doivent endurer. »

David était parvenu à se redresser, toussait, se massait le cou, roulait des yeux, éructait tandis que Josianne cessait finalement de lui caresser la joue pour fixer l'inspecteur d'un air sombre – ainsi que ce prénom de femme tatoué sur son avant-bras.

« Parfaitement, reprit-il. Son seul crime, c'était quoi ? Je vais vous le dire : de ne pas vous combler. Son seul crime, c'était de pas vous satisfaire. Vous le savez bien. N'essayez pas de la ramener. Vous m'avez parfaitement entendu. Mais d'où il les aurait sortis, dites-moi ? D'où aurait-il sorti le château pour la petite princesse ? D'où il aurait sorti les piscines, les Mini Cooper S et tout le tremblement, hein, dites-moi ? »

S'il avait cherché à la démoraliser pour de bon, Blotte ne s'y serait pas pris autrement. Et l'attention particulière que lui témoigna David durant les jours qui suivirent n'y changea rien.

Elle s'occupa de l'enterrement, contre l'avis de celui-ci. Arguant qu'il s'agissait malgré tout du père de Géraldine auquel elle ne connaissait que de vagues cousins impossibles à joindre.

Les deux hommes de son ancienne famille étaient morts. Le père et le fils. À présent, profitant d'une piscine à demeure, elle nageait presque autant que David courait. Sa nouvelle situation lui avait permis de réduire ses heures à l'hôpital, ce qui l'avait amenée à consacrer les premières heures de sa journée à quelques kilomètres de crawl et à une heure de Pilates une fois sortie du bain.

Elle apprécia que David assiste à l'enterrement. Il y avait un vent doux et elle sentait l'émotion grandir en elle. Elle apprécia *énormément* que Marc soit aussi de la partie, accompagné d'Édith. Et davantage encore d'apercevoir Irène que Catherine Da Silva tenait par le bras. Si bien qu'elle sentait les larmes lui monter aux yeux,

Il n'y avait personne du côté de Robert, pas l'ombre d'un Clinnechet. Tous ceux qui se trouvaient là ne le connaissaient même pas. Et elle-même se fichait pas mal du salopard. En sorte que, rien que de penser à la signification de cette réunion autour d'elle, sa poitrine se gonflait, son cœur battait. Elle aurait voulu les enlacer un par un, les serrer un instant contre elle. C'était un beau cadeau qu'ils lui faisaient. Au moment où elle s'y attendait le moins. Lui témoigner quelque chose de vraiment positif.

Au premier abord, peut-être, cette famille fichait-elle les jetons. Sans doute pouvait-on s'y méprendre. C'est souvent comme ça.

Elle en oublia presque de jeter une poignée de terre sur le défunt.

Cheminant vers la sortie, elle sentit la main d'Irène se poser sur son bras. Elle félicita celle-ci pour la quasi-disparition des marques sur son visage tout en pensant que l'inspecteur Blotte était ignoble. « Irène, je ne vais pas vous mentir, soupira-t-elle. Vous connaissez David. Je ne vais pas vous raconter qu'il n'en fait pas toute une histoire.

— Est-ce qu'il sait ce qu'il veut ? Franchement. Il est tellement timoré quand il s'y met. Ça lui passera, rassure-toi. Méfie-toi plutôt de qui-tu-sais. Le vrai danger vient de là. »

Josianne inspecta le ciel où voletaient quelques vieilles feuilles brunissantes. Quel crédit fallait-il accorder aux affirmations d'Irène dès qu'il s'agissait d'Édith ?

« Aucun. Ne m'écoute pas. Mais ne viens pas te plaindre. »

Josianne ralentit, de manière à se défaire d'Irène – mais le plus doucement possible afin de ne pas contrarier sa belle-mère qu'elle aimait bien nonobstant –, et elle observa Édith qui descendait une allée parallèle un peu plus loin et elle s'interrogea sur le potentiel de dangerosité que recelait cette femme. Le soleil dansait dans ses cheveux, enveloppait ses épaules. Marc la tenait par la taille. Il fallait porter des lunettes spéciales pour voir dans ce tableau une menace pour son propre couple. Même si l'on connaissait l'histoire. Même si les deux frères s'étaient régulièrement crêpé le chignon autrefois pour les beaux yeux d'Édith. Aucun signal d'alarme ne fonctionnait, aussi attentive qu'elle fût, aucune vibration négative ne lui était transmise.

Sans aller jusqu'à prétendre qu'Irène déraillait, fallait-il la suivre sur une voie qu'aucune preuve ne venait éclairer ? Josianne s'interrogeait. Le cri épouvantable qu'avait poussé Robert en basculant du quinzième étage vibrait encore à ses oreilles, si bien qu'elle ne se sentait pas d'une humeur combative, pour tout dire. Quelque chose lui échappait mais peut-être ne s'agissait-il que d'une part affaiblie d'elle-même.

Victor ne pouvait plus mettre les pieds dans un cimetière. Depuis quelques années, il frémissait à cette seule idée – n'étant pas loin d'imaginer des bras sortant de terre et cherchant à l'entraîner dans la tombe. À cela venait s'ajouter la présence de ses deux fils qui l'avaient renié peu ou prou et vis-à-vis desquels, sans qu'il ait été nécessaire d'en convenir entre eux, il respectait une certaine distance – disons un jet de flèche.

Les choses se passaient ainsi. Vous éleviez des enfants pour qu'un jour ils grimacent de dégoût à votre vue. Vous les engraissiez pour qu'ils vous dépassent d'une tête et vous indiquent le chemin de la sortie.

Il ne s'agissait pas de se mettre leur femme à dos, dans la mesure du possible. De sorte que pour témoigner de sa sympathie à Josianne, vu les circonstances, il n'avait certes pas franchi les grilles de ce sinistre endroit – que ni ciel bleu, ni gazon, ni courses d'écureuils, ni doux sifflements de pouillots véloces ne parvenaient à égayer – mais avait assisté à l'inhumation depuis l'entrée, depuis un poste avancé du parking qu'encadraient tamaris et genévriers.

Côté femmes, il n'avait encore jamais eu l'occasion de féliciter ses deux fils – et sans doute était-il trop tard à présent, l'occasion ne se représenterait plus –, de féliciter ses deux garçons pour le bon goût dont ils semblaient faire preuve en matière de compagne – sachant même, par exemple, qu'en dépit d'une mode lancée par la Brindille, rien ne valait une vraie poitrine et que coucher avec une fille maigre flanquait le bourdon et même le bourdon/panique une fois qu'on l'avait épousée. Les braves petits. Quoi qu'il en soit, Édith et Josianne cassaient la baraque, de son point de vue. Il ne les avait pas quittées de l'œil durant toute la mise en terre de Robert Machin-chouette et, durant un moment, il avait rêvé des jours heureux qu'il aurait pu couler au milieu de toutes ces femmes, de toutes ces jolies femmes qui étaient soudainement entrées dans sa vie et auraient pu l'illuminer au lieu du pur gâchis qui s'installait en réalité. Certains vieillards avaient cette chance, la chance de connaître l'apaisement, de finir dans un bain de lait tiède, au milieu de fleurs de lotus, mais pas lui. Lui n'aurait pas cette chance. Ni belles-filles ni petite-fille, tel serait son lot songeait-il avec mélancolie, clignant des yeux en direction de ses deux brus.

Il intercepta Josianne et lui caressa les mains en silence. L'important était de se montrer. De ne pas se laisser enfermer dans un rôle.

« Merci d'être venu », lui dit-elle, émue par tant de zèle, cependant que le reste de la troupe s'égaillait autour des voitures.

Il se pencha vers elle. « Eh bien, je profite de l'occasion pour vous donner ma version des faits. Sachez-le. J'ai été victime d'un terrible chantage. Je ne suis pas l'ignoble traître qu'ils vous ont décrit. Sachez-le. S'ils veulent ma peau, qu'ils le disent.

— Quel putain de cinéma, grinça Marc sans même tourner les yeux en direction de son père. Quel cinéma de merde.

— Plus fort. Je n'entends pas.

— Je ne sais pas. Roule-toi par terre. »

Il n'y avait pas longtemps que Marc employait ce ton avec lui. Et aussi bien, avant même que n'explose l'affaire qui les séparait aujourd'hui, son retour s'était-il heurté à la mauvaise humeur de son fils. *Son retour à la maison*, auprès d'Irène, la chose la plus naturelle qui soit – qu'est-ce qui ne tournait pas rond chez ce garçon ? Depuis lors, il *aboyait* contre son père, littéralement. Le changement était net. D'une manière ou d'une autre, Victor devait admettre qu'il avait perdu son ascendant sur ce zig – et il n'aurait pas parié qu'il en conservait davantage sur l'autre.

D'où lui venait le courage – ignominieux – de heurter son père ? de bafouer l'honneur de son père ? D'où sortait donc cette génération d'ingrats ? Quelles vapeurs toxiques avaient-ils respirées pour en arriver là ?

Il fixa longuement son fils qui lui tournait le dos, ostensiblement. Autour, ils s'étaient tous plus ou moins figés. Les pouillots véloces ne chantaient plus, les écureuils ne se montraient guère. L'électricité vibrait au-dessus du parking.

« *Cessez donc*, s'emporta Irène, rompant bruyamment le silence et s'affairant à sa portière. *Oh, vous deux, pour l'amour du Ciel !*

— Pardon, c'est à moi que tu parles ? fit Victor. C'est moi qui dois cesser quelque chose ? Tu plaisantes ? Regarde-moi, tu plaisantes ?

— La ferme, Victor. Tu la fermes, grogna Marc. Tu t'écrases.

— Attends. Je peux encore venir te gifler, tu sais. Ne dépasse pas les bornes avec moi. C'est un conseil que je te donne.

— Vous êtes obligés de faire ça ? soupira Irène. De nous prendre en otages ? Vous avez l'intention de vous faire sauter ? »

Victor serra les dents. Le ton grinçant qu'Irène venait d'employer augurait mal de leurs rapports futurs. Comme si cela ne suffisait pas. Malgré tous les efforts qu'il avait fournis pour se rapprocher d'elle, sa fierté qu'il avait ravalée, l'eau qu'il avait mise dans son vin. La dégringolade était rude. Ce matin encore, au cours du petit-déjeuner, ils avaient parlé calmement. Ils avaient évoqué la tension en Irak et la fréquence des convulsions météorologiques sur un ton détendu, un ton entre mari et femme civilisés. Centimètre après centimètre. Millimètre après millimètre. Et tout l'édifice était en train de s'effondrer sous ses yeux, de se transformer en tas de ferraille.

Catherine Da Silva grimpa dans son coupé et fit ronfler son moteur – elle prenait souvent les bonnes décisions et ce qui touchait les Sollens la touchait.

Édith s'ébroua et tira Marc par la manche. David et Josianne s'engouffrèrent dans la Porsche.

Et il se retrouva seul, le bras encore levé. Disparaissant dans les rétroviseurs comme une espèce d'épouvantail, c'était bien ça ? À quoi ils le réduisaient ? À un type en auto-stop qu'ils n'auraient pas pris ?

Il les rattrapa. Au volant de son Aston Martin, et malgré son âge, il conduisait encore comme un pilote de course. Il les doubla en plein virage, ignorant leurs différentes réactions.

« Mais quel imbécile, s'écria Irène en le voyant passer. Catherine, il est complètement fou, n'est-ce pas ? »

Elle n'allait pas supporter qu'après s'être battus entre eux, ils se battent contre leur père. Aucune famille ne pouvait être maudite à ce point. Les entendre, sur ce parking de béton, prêts à briser toutes les lois du sang... Penser à ses fils l'avait aidée à tenir le coup durant le cauchemar qu'elle avait traversé. Et à un degré moindre, mais pourquoi le nier, penser à Victor aussi, malgré toute la souffrance qu'il lui avait causée, penser à Victor l'avait aidée à surmonter l'épreuve. Penser à son mari, voir apparaître son visage au fond des ténèbres – quel que fût l'état de leur relation – l'avait plus ou moins aidée. Ils se connaissaient depuis plus de cinquante ans. À une époque où les types marchaient à peine sur la lune.

Cet homme lui avait arraché des tonnes de sentiments.

Le ciel était d'un bleu serein mais, en rentrant, elles le trouvèrent pendu.

*Cet ouvrage a été réalisé par*

FIRMIN DIDOT

GROUPE CPI

*Mesnil-sur-l'Estrée*

*pour le compte des Éditions Julliard*
*24, avenue Marceau, 75008 Paris*
*en octobre 2006*

La photocomposition de cet ouvrage
a été réalisée par
GRAPHIC HAINAUT
59163 Condé-sur-l'Escaut

N° d'édition : 47294/01 - N° d'impression : 81609
Dépôt légal : octobre 2006

*Imprimé en France*